KB187184

클래스메이트

1학기

클래스메이트

1 학기

모리 에토 지음 · 권일영 옮김

스토리텔러

〈일러두기〉

본문의 모든 주석은 옮긴이가 넣었습니다.

차례

2학기 차례

1.
완행열차는 달린다

치즈루

옅은 초록색 바람이 불어오는 4월. 아이모토 치즈루는 늘 두 갈래로 땋았던 머리를 포니테일로 묶고 중학생이 되었다.

때가 되면 누구나 중학생이 된다. 가까운 공립중학교라서 신입생 절반은 아는 얼굴. 그렇게 생각하니 마음이 편해 입학하는 날도 별로 긴장하지 않았다. 그렇지만 딱하나, 반 편성 발표 때만은 가슴이 두근두근했다.

치즈루가 다니는 기타미제2중학교는 1학년이 A반과 B반, 두 학급뿐. 요즘 출산율이 계속 낮아져 2학년과 3학년도 각각 세 학급밖에 없어 이대로 가다 보면 기타미제1중학교와 합치게 될 거라고들 한다.

1학년 A반이냐, B반이냐. 확률은 반반.

그런데 치즈루는 초등학교 5학년 때부터 친구인 아야나와 반이 갈리고 말았다.

"A반 싫어."

"B반 싫어."

"반이 달라졌어도 친구로 지내자."

"그래, 쭈욱."

아야나와 헤어져 혼자 A반으로 가는 치즈루는 걸음이 무거웠다. 교실 문으로 뻗은 손가락에 힘이 없었다. 힘껏 당기자 휑한 공간이 눈앞에 펼쳐졌다.

아직 아무런 추억도 없는 교실. 책상 수가 적어서 그런지 초등학교 때 교실보다 허전해 보인다. 새하얀 벽도 서먹서먹하고 창밖으로 보이는 하늘까지 어두침침했다.

"치즈루!"

초등학교 6학년 때 같은 반이었던 레이미가 손을 흔드는 모습이 보였다. 치즈루는 그제야 마음이 놓여 교실 안으로 발을 디뎠다.

"자리 배치는 칠판에 적혀 있으니 그대로 앉아 주세요."

교단에서 담임인 후지타 아리미 선생님이 말했다. 아직 젊은 여선생님. 헤어스타일은 숏 컷. 1년 동안 무사히 지내려면 담임 선생님은 중요하다. 칠판에 적힌 자리 배치를 본 치즈루는 그게 출석 번호 순서라는 걸 알고 풀이 죽었다. 또야……?

반을 나눌 때마다 치즈루는 '아이모토'라는 성을 지닌 남자와 결혼한 엄마를 원망했다. 이 중요한 날, 새로운 반 친구들을 처음 만나는 날이면 출석 번호 1번 학생이 얼마나 불리한 처지에 놓이는지.[1]

칠판에 적힌 자리 순서에 따르면 치즈루는 제일 앞줄 창가. 가장 구석진 자리다.

역시.

마음에 들지는 않지만 힘없이 그 자리로 가 앉자 치즈

1) 일본은 흔히 우리나라의 가나다순인 50음도 순서에 따라 출석 번호가 매겨진다. '아'는 50음도에서 가장 먼저 나오는 글자다.

루는 자기가 교실의 누구보다 작아진 느낌이 들었다. 제일 앞줄 구석이기 때문에 앞을 봐도 왼쪽을 봐도 책상이 없다. 믿고 의지할 오른쪽 옆에 앉은 사람은 기타미초등학교에서 다들 꺼리던 구보 유카. 말을 걸려면 용기가 필요하다.

기분이 바닥이던 치즈루에게 구원의 손길을 내민 것은 뒤에 있는 빈자리 쪽으로 다가온 여자아이였다. 자그마하고 곱슬머리에 쌍꺼풀 없는 눈이 가로로 길다. 눈이 마주쳐 살짝 웃자 그 아이도 미소로 답해 주었다.

제발 그대로 와서 뒤에 앉아 주기를.

기도가 닿았다. 그 아이가 뒷자리 책상에 가방을 얹었다. 됐어!

"안녕? 난 아이모토 치즈루야."

치즈루는 최대한 밝은 목소리로 말했다.

출석 번호 1번은 다른 학생이 말을 걸어 줄 때까지 기다릴 수만은 없다.

"하라초등학교 나왔어? 그렇구나. 난 기타미초등학교. 새 반이라 무척 긴장되네."

그 여자아이도 긴장되는지 표정이 굳었다.

"나도 그래. 반가워. 난 에노모토 시호리. 괜히 가슴이 두근두근하네."

"분위기가 다르지? 초등학교 때하곤."

"하라초등학교에서 친했던 애들은 모두 B반으로 갔어."

아직은 이야기를 나누기 서먹했지만 말이 통할 것 같은 아이라 치즈루는 마음이 놓였다.

자리 순서는 이제부터 1년의 운명을 좌우하는 중요한 문제다. 특히 새로운 반에서는 대개 자리에 따라 친구가 정해진다. 처음 말을 튼 아이들끼리 자연스럽게 친해지고 그게 점점 늘어나며 그룹이 만들어진다.

그런데 성이 오십음도의 첫 번째, '아'행인 아버지의 딸로 태어난 까닭에 치즈루는 자리가 늘 맨 앞줄 구석이다. 앞에는 칠판, 왼쪽에는 창문. 이야기하고 싶어도 이런 식이면 상대가 한정되고 만다.

"나도 친구와 반이 갈렸어. 너나 나나 운이 없구나."

더 친근감이 드는 말투로 이야기한 치즈루는 진지한

표정으로 뒤에 앉은 아이를 돌아보았다.

에노모토 시호리. 외톨이가 되지 않기 위해서는 어떻게든 이 아이를 잡아야 한다.

"그래도 담임은 우리 반이 나을지도 몰라. B반 담임은 무서울 것 같더라."

"나도 그 생각 했어. B반 애들 불쌍해."

"그렇지만 우리도 그 선생님한테 수업을 받아야 할걸."

"그런가? 과목마다 선생님이 바뀌니까."

"맞아. 낯설지?"

"낯설어. 교실도 넓고."

"학급 인원이 적네."

"초등학교 땐 몇 명이었어?"

"서른다섯 명."

"반 아이들이 뭐라고 불렀니?"

"시호린."

"나도 그렇게 불러도 될까?"

"물론이지. 아이모토, 너는……."

"그냥 치즈루라고 부르면 돼."

"치즈루."

"시호린."

"치즈루."

"시호린."

서로 이름을 부르다가 함께 웃음을 터뜨렸다.

치즈루는 이렇게 무사히 첫걸음을 내디딜 수 있었다.

클래스메이트가 된 스물네 명이 돌아가며 간단하게 자기소개를 했다.

반장과 학급 위원을 정했다.

새 교과서와 체육복도 받았다.

이렇게 중학교 생활이 시작되었다.

수업과 함께 급식도 시작되었다. 교실에서 보내는 시간이 하루하루 늘어 갔다.

다른 아이들의 얼굴과 이름도 조금씩 익숙해지기 시작했다.

교복인 세일러복 스카프를 한 번에 맬 수 있게 되었다.

머리를 포니테일로 묶은 목덜미에 바람이 살살 스쳐

지나는 것에도 익숙해졌다.

교실 문이 가벼워졌다.

B반으로 아야나를 찾아가는 일은 줄어들었다.

기타미초등학교 출신 아이들과 하라초등학교 출신 아이들의 벽이 낮아지며 차츰 서로 뒤섞였다.

교실에 울려 퍼지는 웃음소리가 늘어났다.

날마다 교실이 치즈루가 좋아하는 빛깔로 바뀌어 갔다.

햇볕 가득 내리쬐는 양달 같은 친구들의 빛깔.

2주쯤 지났을 무렵에는 치즈루와 시호리는 허물없는 사이가 되었다. 여기에 레이미도 끼었다.

레이미는 천연 파마 같은 곱슬머리를 한 4차원. 기타미초등학교에서도 괴짜로 통하던 레이미는 자기만의 세계가 있는 아이인데 함께 있으면 마음 편한 친구이기도 하다.

처음에 시호린은 '레이미'라고 부르기 부끄러웠는지 '레이……', '레이……' 하며 말끝을 흐렸다. 하지만 차츰 익숙해지자 '미'까지 부르게 되었다. 다른 여자애들에게도 그게 퍼져 친한 아이들만 부르던 별명을 차츰 다른 아이들도 부르게 되었다.

치즈루는 시호린과 레이미 이외의 다른 아이들과도 될수 있으면 친해지려고 애썼다. 부반장인 마코토는 기타미초등학교 때부터 친구였고, 마코토와 친해진 고노짱과 이야기를 하는 것도 즐겁다. 혼자 있는 여자애를 보면 자연스럽게 말을 걸어 주기도 했다.

자리 배치라는 고비만 잘 넘기면 치즈루는 꽤 평화로운 중학교 생활을 보낼 수 있겠다는 자신이 있었다. 왕따라거나 싸움 같은 골치 아픈 문제와는 거리가 먼 나날들. 그건 자기가 아주 평범하고 튀지 않는 학생이기 때문이라고 치즈루는 생각한다.

그다음에는 대세에 따른다. 이게 치즈루가 생각하는 자기 위치다. 그런 평범한 위치에 있으면 좋은 일이건 나쁜 일이건 드라마틱하게 일어나지는 않는다.

성적도 보통, 운동신경도 보통. 얼굴도 보통, 성격까지보통.

"넌 참 완행열차 같은 타입이구나."

네 살 위인 언니가 이렇게 말했다.

"절대로 탈선하지 않는 완행열차. 특급 같은 스피드나 스릴도 없이 늘 안전 운행하며 무난하게 철로 위를 달릴 뿐이지."

특급열차 타입인 언니가 보기에 치즈루는 무척 한심한 아이로 보일 것이다. 평범하고 다른 사람에게 해를 끼치지 않는 흔한 여자아이. 같은 풍경 안을 늘 천천히 움직인다.

스스로도 한심하다고 생각한다. 달라지고 싶다. 중학교에 들어온 뒤로 그 생각은 점점 더 강해졌다.

머리도 포니테일로 묶은 나는 새로운 나. 여태까지와는 다른 내가 될 기회는 지금뿐이다.

"얘, 치즈루. 넌 동아리 활동 어떻게 할 거야?"

그래서 시호린이 이렇게 물었을 때도 치즈루는 조금……, 아나 사실은 많이 용기를 내서 고백했다.

"할 수만 있다면…… 난 야구부 매니저 같은 걸 해 보고 싶은데."

"뭐?"

"고시엔 대회 같은 걸 보고 야구부 매니저가 되고 싶다는 생각이 들었어."

말하면서도 얼굴이 화끈거렸다. 매니저라니 어울리지 않는다고 비웃을까?

하지만 돌아온 대답은 뜻밖이었다.

"정말? 나도 매니저 하고 싶었는데."

"뭐? 시호린, 너도?"

"응, 전부터 해 보고 싶었어. 공을 깨끗하게 닦거나 경기 중에 우리 팀이 이기게 해 달라고 빌거나 레귤러 멤버로 선발되지 못한 선수를 격려하기도 하고."

"맞아, 해 보고 싶지? 하자, 우리 둘이서 매니저."

"그래. 혼자라면 용기가 나지 않지만 치즈루 너하고 함께라면."

치즈루와 시호린은 한껏 신이 나서 함께 매니저가 되기로 다짐했다. 그리고 그날 방과 후 바로 야구부 정찰에 나섰다.

그렇다고 정식으로 견학을 신청할 배짱은 없었다. 겨우 백네트 쪽에서 타격 연습을 하는 모습을 조심스럽게 지켜보았을 뿐이다.

"잘하네, 잘해."

"아직 1학년은 몇 명 안 되지?"

"응, 아, 그런데 우리 반 아이가 있어."

"정말. 이름이 뭐더라. 소타……?"

두 사람의 예상과는 달리 운동장 분위기는 부드러웠다. 선배에게 호된 훈련을 받는 후배도 없고 '뛰어!', '하나 더!' 하는 호통도 없었다. 선배나 후배나 반쯤 장난치듯 연습을 즐기는 모습이었다. 그 느긋한 야구부원들 사이에 남자 체육복을 헐렁하게 걸친 여학생 세 명이 보였다.

"저기, 매니저인가……?"

"응, 선배……들이네."

세 명의 모습을 지켜보던 치즈루와 시호린은 자기도 모르게 시선을 떨구었다.

긴 머리가 찰랑거리는 여학생들은 아주 예쁘고 활기

찼다. 몸매도 좋고 자신만만해 중학생이라기엔 무척 세련되었다. 매니저가 되기 위해 태어난 것 같은 여학생들. 야구부원들이 번갈아 가며 장난을 걸면 꺄악꺄악 애교 섞인 소리를 질렀다.

치즈루는 두근거리던 가슴이 빠르게 가라앉는 것을 느꼈다. 백네트 너머로 펼쳐진 푸르른 세계가 자꾸 멀어져 가는 것 같았다.

입을 꾹 다문 시호린의 눈빛도 치즈루와 마찬가지로 굳어 있었다.

"어떡하지?"

"그만 갈까?"

그 뒤로 두 사람은 매니저 이야기를 입에 올리지 않았다.

'멋진 선배가 있어서'라며 B반인 아야나는 농구부를 선택했다.

"우리 엄마, 어머니 배구로 전국 대회까지 나갔었거든."

레이미는 유전자를 믿고 배구부에 임시 가입했다.

치즈루는 차츰 초조해졌다. 차라리 농구부나 배구부에 가입할까 생각도 했지만 친구를 따라 하는 것 같아 통 내키지 않았다. 게다가 아야나와 레이미는 이미 동아리 회원들과 잘 어울리는 것 같아 거기에는 끼어들 여지가 없을 것 같았다.

육상부는 연습이 힘들다고 한다. 수영부도 수영복이 부끄럽다. 고민할수록 치즈루는 자기에게 딱 맞는 동아리 활동을 찾지 못할 것 같은 생각이 들었다. 운동은 원래 잘 못한다.

그러면서도 치즈루가 체육 분야 동아리 활동에 마음을 쓰는 까닭은 '달라지고 싶다'는 생각 때문이었다. 지금 문화 관련 동아리 활동을 선택하면 앞으로도 계속 이전과 같은 철로 위를 달리게 된다.

새로운 나. 지금까지와는 다른 나. 동아리 활동은 그런 나로 새롭게 태어날 수 있는 가장 큰 기회다.

그렇게 생각하면서도 발 디딜 곳을 정하지 못하던 어느 날 방과 후, 시호린이 취주악부를 견학하려는데 함께

가 보자고 했다.

"혼자 가기는 너무 쑥스러워서, 부탁해."

"당연히 같이 가야지."

기타미2중의 음악실은 북쪽 별관에 있다. 건물을 연결하는 복도 창 너머로 건물과 건물 사이에 꾸며 놓은 정원을 내려다보며 걷다 보니 본관의 잡음이나 바닥의 진동이 차츰 멀어져 조용해졌다.

음악실 문을 연 순간, 그 정적을 뒤흔드는 소리가 났다. 바닥에서 몸을 타고 솟아오르는 듯한 저음, 그게 클라리넷 음색이라는 걸 치즈루는 실내를 둘러보고 나서야 알아차렸다.

클라리넷뿐만 아니다. 책상을 앞쪽으로 밀어 쌓아 올려 공간을 마련한 실내에는 예상보다 훨씬 많은 부원이 있었다. 트럼펫. 플루트. 타악기. 제각각 자기 파트를 연습하는 중이었다. 교실 여기저기서 울려 퍼지는 여러 가지 소리. 그 소리와 소리가 서로 이어지고 얽히며 불협화음이면서도 여러 겹으로 느껴지는 소리의 덩어리를 만들어 냈다.

"견학?"

교실 구석 쪽에서 신입부원을 지도하던 선생님이 치즈루와 시호린을 보았다.

머리카락을 베토벤처럼 기른 남자 선생님. 그래도 얼굴은 그리 심각해 보이지는 않았다.

"아, 예."

허둥지둥 고개를 숙이는 두 사람에게 선생님은 들어오라고 손짓했다. 치즈루와 시호린이 안으로 들어서자마자 선생님은 짝짝 박수를 치더니 부원들에게 말했다.

"1학년 학생이 왔으니 잠깐 연주를 들려주자."

파트별로 모여 있던 부원들이 바로 흩어지더니 교실 한가운데로 모여들었다. 선생님의 지휘봉을 따라 한데 모인 부원들 사이에서 마치 수증기가 피어오르듯 멜로디가 들려왔다. 처음에는 살짝. 그리고 소리가 하나, 또 하나 늘어나면서 멜로디가 차츰 부풀어 올랐다. 부풀어 오르고, 또 부풀어 올랐다. 한 사람 한 사람이 연주하는 악기 소리가 겹치며 그 음색을 더욱 깊게 만들고 서로 북돋아 아름다운 하모니를 만들어 갔다.

파도가 밀려 나가는 백사장에서 발아래 모래가 스르륵 움직이듯 치즈루의 마음이 그 소리로 끌려들어 갔다. 곡이 끝났을 때는 감동에 흠뻑 젖어 있었다.

　무슨 곡인지도 모른다. 감상을 말로 제대로 표현할 수 없었지만 베토벤 선생님은 '담에 또 와'라며 웃어 주었다.

　"뭔지 잘 모르지만 대단했어."

　"그래, 맞아, 취주악부라서 그런가? 중학생 선배들은 정말 대단해."

　"진짜 수준 높았어. 초등학교 고적대는 상대도 안 돼."

　"맞아, 상대도 안 돼."

　"우리도 연습하면 저렇게 할 수 있을까?"

　돌아가는 길, 야구부 때와는 달리 두 사람은 잔뜩 들떴다. 치즈루의 감동이 시호린에게, 시호린의 흥분이 치즈루에게 전해져 함께 한없이 하늘로 솟아오르듯.

　"난 정했어. 취주악부에 들어갈 거야. 치즈루, 너도 같이 하자."

　시호린이 권할 필요도 없이 치즈루의 마음도 취주악부

로 기울어진 상태였다.

치즈루는 방과 후에 음악실에 있는 자기 모습을 쉽게 그려 볼 수 있었다. 금방 익숙해질 악기는 아니더라도 열심히 연습하며 차근차근 성장해 가는 내 모습을, 동급생이나 선배들과 점점 친해지는 모습이 또렷하게 그려졌다. 생생하게 그려 볼 수 있었다. 정말 순탄한 길이다.

"시호린, 나 말이야……, 중학생이 되면 달라지고 싶었거든."

치즈루는 처음으로 시호린에게 털어놓았다.

"지금까지와는 다른 내가 되고 싶었어. 취주악부는 아주 멋진 동아리라고 생각하고 엄청 해 보고 싶어. 하지만 그러면 이전의 나와 별로 다를 게 없는 것 같아서……."

말로는 제대로 표현할 수 없었다. 애가 타서 말을 잇지 못하는 치즈루의 옆얼굴을 시호린은 가만히 바라보았다. 치즈루가 진지할 때면 시호린도 늘 진지하다. 딱 어울리는 표현이 떠오르지 않더라도 생각날 때까지 기다려 준다.

그렇지만 이날은 빨랐다.

"그래."

가슴 언저리까지 내려오는 스카프를 들여다보듯 시호린은 고개를 끄덕이며 대꾸했다.

"알아. 네 마음."

"응?"

"나도 그런 생각을 한 적이 있거든."

"시호린, 너도?"

"응. 그렇지만 난 치즈루 네가 너 하고 싶은 걸 하는 게 좋겠다고 생각해."

"그런가?"

"너답지 않은 일을 억지로 하는 것보다 네게 어울리는 걸 하면서 지난날의 너보다 더 노력해야 전과는 다른 네가 되는 게 아닐까?"

치즈루는 치즈루다운 걸 하면서 예전보다 더 노력해야 지금까지와는 다른 치즈루가 될 수 있다―.

치즈루는 그 말이 이해되었다. 그 순간 길 저편 하늘을 물들이던 저녁놀이 아침놀 같은 빛으로 바뀌었다.

"맞아. 그럴지도 모르겠다. 그렇게 되면 좋겠는데."

어깨에서 힘이 쑥 빠졌다.

"고마워. 시호린. 나, 결정했어. 내일 임시 가입 신청서 가지고 베토벤을 만나러 갈 거야."

"나도 벤을 만나러 가야지."

"내 벤을?"

"내 벤이야."

둘은 얼굴을 마주 보고 웃음을 터뜨렸다. 치즈루가 힘껏 뛰기 시작하자 시호린이 '기다려' 하며 쫓아왔다.

이제는 제법 익숙해진 통학로에 발소리가 스타카토로 울려 퍼졌다.

스커트를 스치는 바람에서는 어느새 황금빛 5월의 냄새가 났다.

완행열차라도 상관없어.

난 내 속도로 달릴 테야.

내 앞에는 틀림없이 새로운, 낯선 풍경이 펼쳐질 거야.

2.
빛 속의 그림자

시호린

취주악부에 들어간 뒤로 시호린은 학교 가는 일이 더 즐거워졌다.

교실에서는 반 친구들이, 방과 후 음악실에서는 동아리 회원들이 시호린, 시호린 하면서 자연스럽게 말을 걸어 준다. 늘 곁에 누군가가 있다.

그런 사실만으로 중학교라는 곳은 시호린에게 눈이 부실 만큼 반짝거렸다. 너무 따스할 만큼 포근했다.

그렇지만— 혼자 있을 때면 이내 두려워진다.

언제까지 이렇게 눈이 부실까.

언제까지 이렇게 따스할까.

치즈루와 레이미는 늘 내 곁에 있어 줄까?

속마음을 털어놓자면 시호린은 여자애 셋이 함께 사이
좋기가 쉽지 않다고 생각한다. 어쨌든 홀수는 좋지 않다.
이건 철칙이다. 그런데 하필 또 셋이라니, 너무 운이 없다.

치즈루, 레이미와 함께 셋이 있으면 시호린은 자꾸 예
전 기억이 떠올랐다. 잊었던 기억. 아직 상처가 아물지
않아 딱지도 앉지 않았다.

초등학교 6학년 가을에 불쑥 친구 마이와 안즈에게 따
돌림을 당했다. 무얼 하건 셋이 함께 했는데 시호린이 감
기 때문에 학교에 나오지 못하는 사이 두 친구는 다른 사
람처럼 변하고 말았다. 내가 무슨 잘못이라도 했니? 어
떻게 고치면 되지? 아무리 물어도 대답해 주지 않았다.
게다가 두 사람은 없는 일까지 지어내 흉을 보았고, 어느
새 반 여자아이들 절반은 시호린에게 말을 걸지 않았다.
교실이 얼음으로 지은 감옥으로 바뀌었다.

도망치면 지는 거다. 학교를 빼먹어선 안 된다. 참고

또 참아 내며 간신히 초등학교를 졸업했다.

정신을 잃을 것처럼 긴장했던 기타미제2중학교 입학식. 초등학교 6학년 때 나를 무시하던 아이들이 1학년 A반에는 한 명도 없다는 사실을 알았을 때 시호린은 눈물이 날 만큼 마음이 놓였다.

첫날부터 앞에 앉은 치즈루가 먼저 말을 걸어 주어 다행이었다. 이 아이라면 사이좋게 지낼 수 있을 것 같다. 불안으로 가득했던 중학교 생활에 빛이 비쳤다.

그런데 마음 편한 시간도 잠깐, 여기에 불길한 그림자가 드리웠다.

기타미초등학교 출신들에게 '이상한 애'라고 불리는 레이미가 치즈루를 자꾸 따라다니기 시작했다.

치즈루는 전에 같은 반이었던 레이미를 자연스럽게 받아들였다. 시호린도 드러내 놓고 싫은 표정을 지을 수는 없어 결국 피하고 싶었던 3인조가 되고 말았다.

그 뒤로 시호린은 무슨 일이든 레이미를 의식하며 경계하게 되었다.

자기가 없을 때 치즈루와 레이미가 너무 가까워지지나

않을지.

시호린은 좀 그래, 하며 험담하지나 않을지.

매일 조마조마하며 신경을 곤두세웠다. 치즈루와 레이미가 함께 화장실에 가거나 시호린이 모르는 기타미초등학교 시절 이야기를 꺼낼 때마다 너무 불안해 울고 싶었다. 레이미가 모르는 취주악부의 이야기를 서둘러 꺼내 불안을 떨치려 했다.

괜한 걱정인지 모르지만 레이미도 자기 나름대로 시호린에 맞서는 느낌이 들었다.

"그런데, 치즈루. 날달걀 단숨에 먹을 수 있니? 시호린은?"

"치즈루, 파밭에 사는 요정을 본 적 있어? 시호린은?"

"치즈루는 달콤한 카레라이스랑 매운 초콜릿파르페 가운데 어느 쪽이든 끝까지 다 먹어야 한다면 무얼 고를 거야? 시호린은?"

시호린은? 이렇게 물을 때마다 그저 시늉으로 묻는 느낌이 들어 시호린은 속으로 발끈했다. 의미를 알 수 없는 질문에도 짜증이 나 퉁명스럽게 대꾸하고 만 적도 있다.

한번 마음이 상하면 시호린은 회복할 때까지 시간이 많이 걸렸다. 분위기를 망친다는 걸 알면서도 쉽게 제동을 걸 수 없었다.

레이미만 없다면.

마음이 편치 않은 하루하루를 보내는 가운데 그러면 안 되는 줄 알면서도 시호린은 마음속 어디선가 늘 바라고 있었다.

레이미만 없다면 질투나 자기혐오 때문에 괴로워할 일은 없을 텐데.

치즈루와 둘이 그늘 없이 밝게만 지낼 수 있을 텐데.

그런 바람이 이루어지듯 레이미에게 그 사건이 일어난 것은 5월 중순이었다.

수업 시작 벨이 울리기 3분 전에 교실에 들어선 순간부터 여느 때와 다른 분위기가 느껴졌다.

너무 조용했다. 평소 같으면 남자애들은 뒤편에서 와글와글, 여자애들은 여기저기서 재잘재잘할 텐데 이날 아침에는 그런 시끌시끌한 소리가 없었다. 다들 아직 새로운 하루가 제대로 시작되지 않았다는 듯, 아침 교실이면 늘 있기 마련인 들뜬 분위기가 없었다.

이상하네. 교실을 둘러본 시호린은 그 원인을 깨달았다.

레이미가 책상에 엎드려 울고 있었다. 치즈루를 비롯한 몇몇 여자애들이 그 주위를 둘러쌌다.

교실에서 누가 우는 모습을 보는 일은 그리 드물지 않다. 나뭇잎 한 장 굴러도 까르르 웃는 나이는 책상에 적힌 낙서 하나 때문에 우는 나이기도 하다.

하지만 우는 사람이 레이미라면 이야기가 다르다. 대체 무슨 일이 있었던 걸까.

"왜 그래?"

얼른 다가가 레이미의 등을 쓰다듬던 치즈루에게 물었다.

"그게……."

"너무해. 이것 봐."

치즈루가 대답하기도 전에 옆에서 구보 유카가 종이 한 장을 내밀었다.

"누가 올린 게시물이야."

"게시물?"

"응, '기타미2중 광장'이란 웹사이트. 몰라? 우리 학교 학생회가 운영하는데. 그거 우리 언니가 관리자거든. 언니가 학생회 서기야. 그런데 어제 정보 교환 게시판에 이런 게시물이 올라왔다는 거야."

시호린이 본 종이에는 이렇게 적혀 있었다.

우리 반에는 이상한 아이가 있습니다. 쥐 모양 봉제 인형(이름은 슈마이)과 매일 이야기를 나눈다고 합니다. 특히 날이 흐렸다가 갠 날은 대화가 더 잘 된다고 합니다(정말일까?) 여러분 반에도 이런 이상한 아이가 있나요~?

누군지 생각할 필요도 없다. 쥐 모양 봉제 인형 이야기는 시호린도 레이미에게 자주 들었다. 평범한 봉제 인형이 아니다. 레이미에게는 그냥 쥐 모양 인형이 아니라 가족이나 마찬가지다.

"너무하지 않니? 그 게시물은 언니가 삭제했지만 난 그 전에 이렇게 증거를 남겨 두었지. 이거 쓴 사람은 틀림없이 우리 반에 있을 거야. 용서할 수 없어."

유카가 씩씩거리며 화를 냈다. 생활위원인 유카는 1학년 A반의 선도부장 같은 아이다. 평소에도 '앞머리가 길다', '손톱이 길다' 하며 다른 아이들에게 잔소리를 해 댄다.

"그런데 다들 선생님에겐 말씀드리지 않는 게 좋겠다는 거야. 그러면 범인을 찾아낼 수 없는데, 안 그래?"

'안 그래?' 하며 의견을 묻는 바람에 시호린은 난처했다.

가만히 보니 레이미를 둘러싼 여자애들은 대부분 어찌해야 좋을지 모르겠다는 표정이다.

시호린도 분명히 같은 반 친구를 놀리는 게시물을 학생회 사이트에 올린 건 좋지 않은 행동이라고 생각했다. 하지만 그 내용에 아주 나쁜 뜻이 있다는 생각도 들지 않았다.

"선생님에게 말씀드려서 뭘 어쩌려고?"

대답을 망설이는 시호린 대신에 리오가 입을 열었다.

"어쩐다니? 범인을 찾아야지, 얘."

"선생님에게 말씀드리면 찾을 수 있을 거라고 생각해?"

"응."

"생각해 봐. 범인이 우리 반에 있다면 레이미가 우는 걸 보고도 시치미 뚝 떼고 있다는 이야기잖아. 그러면 선생님도 방법이 없을 것 같은데. 게다가 선생님이 나서서 문제가 커지면 오히려 레이미가 더 큰 상처를 받을지 모르고."

"왜 상처를 받아?"

"왜라니……?"

"그냥 내버려 두는 게 더 상처가 되지 않겠어?"

"잠깐. 너희 둘이 하는 이야기는 무슨 뜻인지 알겠는데, 좀 진정해."

부반장 마코토가 말리고 나섰다. 그러자 유카가 째려보며 말했다.

"난 흥분하지 않았어. 그보다 넌 어떻게 생각해?"

"음, 어려운 문제네. 물론 그런 게시물은 좋지 않지만 레이미 이름을 밝힌 건 아니고 괴롭힐 생각이 아니었을지도 모르지."

마코토와 사이좋은 고노짱이 고개를 끄덕였다. 그러자 이번에는 유카와 친한 히나코가 끼어들었다.

"난 유카 의견에 찬성. 선생님께 말씀드려 범인을 찾은 다음 레이미에게 사과하라고 해야지."

"범인을 찾아내자는 거야?"

"물론. 이런 걸 내버려 두면 이지메로 발전할 수 있어. 부반장이 그렇게 마음 약해선 안 되지."

마코토 편을 드는 고노짱과 유카 편을 드는 히나코. 주위에 있던 여자애들도 범인을 찾아내자는 쪽과 그렇게까지는 하지 않아도 되지 않겠느냐는 쪽으로 나뉘어 논쟁이 벌어졌다. 여기저기서 의견이 충돌해 도저히 해결이 나지 않을 것 같았다.

"치즈루, 넌 어떻게 생각해?"

곧 선생님이 오실 시간이다. 상황을 빨리 정리해야 했다. 대답을 재촉하며 시호린이 묻자 치즈루는 '글쎄' 하며 고개를 꼬았다.

"모르겠네. 레이미 생각이 중요하겠지."

치즈루도 시호린과 같은 생각을 했던 모양이다.

그래서 아직 훌쩍거리고 있는 레이미에게 가까이 다가가 둘이 함께 물어보았다.

"저어, 레이미 너는 어떻게 하면 좋겠어?"

"선생님에게 말씀드려 범인을 찾고 싶니?"

흐느끼느라 들썩이던 등이 딱 멈췄다. 천천히 고개를 든 레이미는 눈물과 콧물로 범벅이 된 얼굴로 두 사람에게 애원하듯 말했다.

"선생님한테 말씀드리지 마. 그보다 다른 애들에게 이야기해 줘."

"무슨 이야기를?"

"범인에게 요구하는 사항."

작은 목소리로 울먹이며 이야기한 그 '요구'를 듣고 시호린과 치즈루는 깜짝 놀랐다.

"레이미, 너 제정신이야?"

"너 진짜 그걸 다른 애들에게 이야기하라는 거야?"

레이미의 의지는 확실했다. 울면서 하는 부탁을 모른 척할 수도 없어 시호린과 치즈루는 눈빛으로 의견을 나누었다.

누가 말하지?

말없이 그 중요한 역할을 서로 미루다가 먼저 무릎을 꿇은 쪽은 치즈루였다.

"알았어. 내가 말할게."

마음을 굳힌 듯 심호흡하며 치즈루가 교실 뒤쪽을 돌아보았다. 평소 남들 앞에서 이야기하는 타입이 아니라 그 목소리는 가늘고 불안하게 들렸다.

"애들아, 다들 내 말 좀 들어 봐."

상황을 지켜보던 남학생들의 시선이 치즈루에게 몰렸다.

"이미 귀 기울이고 있습니당."

개그 캐릭터인 신페이가 익살맞은 목소리로 말했다.

"나도―."

까불이 소타도 뒤이어 말했다.

"레이미는 그 게시물을 쓴 사람에게 요구하는 게 있

대."

포니테일로 묶은 머리카락 아래 목덜미까지 빨갛게 물이 든 치즈루는 단숨에 쏟아 냈다.

"봉제 인형 이름은 슈마이가 아니라 슈마흐야. 독일 출신이고. 그러니 그 게시물을 쓴 사람은 오늘 안에 이름을 바로잡는 게시물을 올리래. 그리고 자기는 괜찮지만 슈마흐에게는 사과해 달라는 거야."

치즈루가 말을 마치자 교실에는 전에 없던 기묘한 정적이 흘렀다.

"짱 이상한 아이네……. 졌다."

신페이가 중얼거렸다.

이튿날 아침. 시호린은 잠에서 깨자마자 거실 컴퓨터를 켜고 학생회 웹사이트에 접속했다.

아니나 다를까, 정보 교환 게시판에 슈마흐에게 사과하는 글은 보이지 않았다.

그 때문인지는 알 수 없지만 그날 아침, 1학년 A반 교실에서는 레이미의 모습을 볼 수 없었다.

"역시 게시물은 올라오지 않았어."

"당연하지."

"인형에게 사과하라는데."

여자애들에게 범인으로 지목받는 남자애들은 이 일을 가볍게 웃어넘기며 찜찜한 기분을 떨쳐 내려는 것처럼 보이기도 했다. 여자애들은 나름대로 레이미를 측은하게 여기면서도 진지하게 범인 찾기에 나설 만큼 심각하게 받아들이지는 않는 눈치였다. 그럭저럭하는 사이에 수업 중에 곤도 신야가 화를 내며 교실을 뛰쳐나가는 새로운 사건이 일어나 슈마흐 사건은 지나간 이상한 소동이 되고 말았다.

그렇지만 다른 아이들은 다 까먹는다고 해도 레이미는 잊을 리 없었다. 시호린도 어제 내내 울던 레이미의 모습이 머릿속에서 떠나지 않았다. 늘 낙천적이었던 레이미가 그렇게 풀이 죽은 모습을 보기는 처음이었다.

저런 평범한 면도 있다니, 뜻밖이네…….

중학교에 올라온 지 한 달 남짓. 늘 함께 지내다가 막상 레이미가 자리를 비우자 거기 앉아 있던 여자애에 대해 아무것도 몰랐다는 기분이 들었다.

"스즈키 레미미는 복통이랍니다. 오늘은 집에서 쉬겠다고 어머님께서 전화를 하셨어요."

후지타 선생님이 이렇게 말하자 시호린은 마음이 더 싱숭생숭해졌다.

복통? 정말로? 꾀병 아니야?

가슴이 두근거려 수업 시간에 선생님 말씀이 귀에 들어오지도 않았다. 문득 정신을 차리면 레미미의 빈자리만 보였다. 시호린은 그런 자기 모습에 깜짝 놀랐다.

그토록 레미미가 없으면 좋겠다는 생각을 했다. 그런데 그 애의 빈자리를 봐도 기쁘지 않다. 오히려 치약 없이 칫솔질하는 어색한 느낌이 들었다. 치즈루를 독차지할 수 있어 기쁘기는 하지만 둘만 있게 되니 말이 없으면 신경이 쓰이고 괜스레 피곤하게 느껴지기도 했다.

돌이켜 보면 레미미는 늘 웃음을 안겨 주었다. '시호린은?' 하고 묻던 동그란 눈동자. 그런 모습 또한 레미미가 나름대로 내게 신경을 써 준다는 증거일지 모른다.

레미미가 계속 학교에 나오지 않으면 나는 정말 불안

감에서 해방될 수 있을까?

치즈루와 단둘이 있는 시간이 길어지면서 시호린은 이런 생각이 들기 시작했다.

과연 치즈루와 레이미는 아무런 이유도 없이 불쑥 나를 따돌릴 아이들일까?

이런 생각을 할수록 스스로가 싫어졌다. 적어도 레이미는 학교에 나오지 않는 지금도 자기가 따돌림을 당할 거라는 걱정은 전혀 하지 않을 것이다.

그렇다. 시호린은 이제야 깨달았다. 나를 불안하게 만드는 그림자는 레이미도 아니고 치즈루도 아니다. 바로 나다…….

초등학교 6학년 때 마이와 안즈는 시호린을 무시했다. 그때 시호린은 교실에서 사라지고 싶었지만 그래도 지지 않고 버텼다. 하루도 빠지지 않고 학교에 갔다. 강해지고 싶었고, 졸업할 때는 강해졌다는 기분도 들었다.

그렇지만 다른 한쪽 구석이 약해졌던 건지도 모른다.

무엇인가에는 이겼지만 무엇인가에는 졌는지도 모른다.

그날 방과 후, 시호린은 치즈루에게 말했다.

"나 오늘 동아리 활동 빠질 거야."

"뭐? 왜?"

"레이미네 집에 가 보려고."

치즈루는 눈을 몇 번 깜빡거린 뒤 '그래?' 하며 방긋 웃었다. 그날 보았던 표정 가운데 가장 환하게 웃는 얼굴이었다.

"그럼 나도 갈게."

솔직하게 말하면 시호린은 그 밝게 웃는 얼굴이 좀 서운하기는 했다.

역시 나 하나만으로는 부족한가? 단둘이 있을 때보다 셋이 함께할 때 더 좋은 건가.

틀림없이 앞으로 셋이 함께 어울리다 보면 가끔 이런 일이 있을 것이다. 견딜 수 없이 불안해지기도 하고, 질투 때문에 고민도 하고, 나 자신이 싫어지기도 할 것이다.

편치 않은 마음으로 시호린은 생각했다. 그렇지만―

그래도 친구를 믿고 싶다.

3.

포지션

소타

소타는 마음을 굳혔다. 자기 캐릭터를 바꾸기로.

1학년 A반이 된 지 이제 두 달쯤. 아직 기회는 있다.

하라초등학교 때도 그랬지만 기타미제2중학교에서도 소타는 A반 분위기를 띄워 주는 역할을 하는 기분이었다. 여자애들보다 남자애들이 더 얌전한 A반에서 콤비인 신페이와 매일 개그를 발사하며 교실 분위기를 띄웠다. 얼간이 역할을 하는 신페이만큼 빵빵 터뜨리지는 못했지만 깐죽이 역할로는 제법이라는 자부심도 있었다.

아무리 교실 분위기가 어두워도 내 주변에는 웃음이

있다. 웃는 사람들 중심에 내가 있다. 이게 소타가 이상적으로 여기는 자기 포지션이었다. '사람이란 웃으면 행복한 기분이 들거든.' 작년에 돌아가신 할머니도 이렇게 말씀하셨다.

그런데…….

문득 주위를 다시 둘러보니 소타의 눈에 비친 여자애들은 대부분 웃기는커녕 화난 표정을 지었다.

"소타, 시끄러."

"소타, 시끄럽단 말이야."

"소타, 좀 조용히 해."

들려오는 소리는 모두 이랬다.

아무래도 내가 좀 지나쳤나? 요즘 들어 소타는 드디어 스스로를 돌아보기 시작했다.

통통한 몸매인 마쓰바라 고노미에게 '나는 햄이다'라는 오리지널 송을 만들어 바쳤다. 심한 곱슬머리인 에노모토 시호리에게 '부처님, 부처님' 하며 절을 해 그만 울리고 말았다. 아버지가 태국 사람인 아리스에게 '타이 카레 먹게 해 줘'라고 조르다가 리오에게 '작작 좀 해'라는 소리와 함께 머리를 얻어맞기도 했다.

그냥 가볍게 농담을 한 건데 아마 여자애들에게는 웃기지 않고 무례하게 비친 모양이다. 인기를 끌려고 하는 짓마다 자꾸 어긋나 역효과만 나고 말았다.

이게 다 슈마흐 사건 때문이다.

스즈키 레이미 이야기를 학생회 웹사이트에 썼다. 설마 그런 소동이 일어날지는 꿈에도 몰랐다.

나쁜 마음을 먹고 그랬던 것은 아니다. 오히려 서비스 정신을 발휘한 결과였다. 스즈키 레이미가 교실에서 늘 자랑스럽게 하는 인형 이야기를 전교생에게 알려 주려고 했을 뿐이다. 프로듀서 같은 마음에서 우러나온 친절이었다고나 할까.

누군가에게 상처를 입히려고 했다면 다른 애들을 표적으로 삼았을 것이다. 새 학기가 시작된 지 한 달밖에 되지 않은 5월인데도 벌써 오래 학교에 나오지 않은 다마치 가호라거나 책상 서랍 안에서 썩은 음식 냄새를 풍기는 나카사토 이타루 같은 애들.

만약 구보 유카가 그렇게 화를 내지 않았다면 소타는

틀림없이 '내가 그랬다'고 밝히고 그 이유를 설명했을 것이다.

그렇지만 유카가 무서웠다. 담임 선생님보다 더 깐깐하게 구는 아주 착실한 여자 생활위원이.

소동이 일어난 다음 날, 레이미가 학교에 나오지 않았을 때는 '어떡하지?' 하며 애가 탔지만 하루 만에 아무 일도 없었다는 듯이 다시 나와 결국 그 문제는 흐지부지 넘어갔다. 표면적으로는.

뒤에서 아이들이 자기를 의심한다는 건 잘 안다.

"틀림없이 소타 짓일 거야."

"소타밖에 없지. 그런 걸 써서 올릴 사람은."

"정말 형편없어."

반 아이들이 들으라는 듯 말해도 이제는 털어놓을 수도 없다. 오히려 '시끄러!' 하고 방귀 뀐 놈이 성내는 격으로 화를 냈다. 그러자 여자애들은 더 차가운 눈으로 바라보게 되었다.

"신페이는 좋겠네."

6월 어느 날 방과 후, 학생들이 나간 교실에서 체육복으로 갈아입으며 소타가 슬쩍 중얼거렸다.

"너나 나나 개그 캐릭터인데 넌 여자애들이 미워하지 않잖아."

옆에서 갈아입던 신페이는 체육복에 머리를 집어넣은 채 잠시 동작을 멈췄다. 몇 초 뒤, 옷깃 사이로 쑥 나온 얼굴은 의아하다는 듯한 표정을 짓고 있었다.

"그야 난 너하고 달리 여자애들에게 찝쩍거리지 않으니까."

"그런가?"

"그럼, 넌 여자애들을 너무 놀려. 게다가 아픈 데만 골라 찌르잖아."

"그건……, 깐죽이 캐릭터가 짊어진 운명 같은 거지."

말로는 뻗댔지만 속으로는 뜨끔했다.

분명히 나는 여자애들에게 신경을 너무 쓴다. 스스로도 그렇게 생각했다. 초등학교 때는 그렇지 않았는데 중학교에 올라온 뒤로 유난히 여자애들이 신경 쓰이기 시작했다.

아마 세일러복 때문일 것이다. 우리 남자애들은 6월이 되어도 아직 중학생티가 나지 않는다고나 할까? 남학생들은 중학교 교복을 입어도 초등학교 때와 별로 달라 보이지 않는데 여자애들은 세일러복 하나만으로도 완전히 변신했다. 부럽기도 하지만 괜히 억울하고 서운한 복잡한 감정이 뒤섞여 나도 모르게 찝쩍거리고 싶어진다.

"그렇지만 내가 찝쩍거리는 걸 좋아하는 여자애도 있지 않을까?"

"그런 소리 하다가는 평생 여자애들에게 인기 없을 거야. 늙어서 고독사할걸. 외로운 인생이 되겠지."

"야, 그런 소리 마. 고독사는 싫어."

"그렇다면 마음을 바꿔 먹어. 꾸준히 호감도를 높여 가는 수밖에 없어."

"어떻게?"

"어떻게? 그건 역시……."

신페이가 창가 쪽 자리를 향해 고개를 까딱해 보였다. 거기에는 체육복을 갈아입는 남학생이 한 명 보였다.

"저런 녀석처럼 되고 싶지는 않아."

반장인 히로. 소타는 '역시'라고 중얼거리며 고개를 끄덕였다. 얼굴, 성격, 성적. 모두 높은 수준을 유지하는 히로는 분명히 남자고 여자고 가리지 않고 호감도가 아주 높았다.

근본이 다른 히로를 남기고 둘은 교실을 나왔다.

운동장으로 나가 몇 걸음 걷다가 소타는 야구부 쪽으로, 신페이는 축구부 쪽으로 손을 흔들며 헤어졌다.

어머니가 없는 소타는 오후에 집에 혼자 있기 싫어서 1학년 A반에서 제일 먼저 동아리에 가입했다. 할머니는 '몸을 움직이면 마음도 활기를 얻는단다'라고 자주 말했다. 야구부를 선택한 까닭은 연습이 힘들지 않을 것 같다는 점과 예쁜 여학생 매니저가 있었기 때문이다.

사실 야구부 연습은 편했다. 의욕이 없는 담당 선생님은 그날도 얼굴을 내밀지 않았다. 먼저 부원들 모두 슬렁슬렁 캐치볼을 시작했다. 그다음에는 슬렁슬렁 펑고 연습. 제일 예쁜 매니저와 야구부 동아리방에서 키스를 했다는 소문이 도는 주장은 아무리 실수해도 '괜찮아' 하며 넘어갔다. 괜찮아. 괜찮아. 매니저들도 벤치에서 웃는 얼굴로 소리쳤다.

모래 먼지가 이는 운동장에서는 축구부와 육상부도 제각각 연습하고 있다. 갖가지 구령 소리가 울려 퍼지며 수많은 그림자가 뒤섞이다가 해가 기울자 흐려져 갔다.

운동장은 교실에서 벗어나 전교생이 뒤섞이는 공간이다. 소타는 여기서 바람을 쐬면 '1학년'이라거나 'A반'이라거나 하는 울타리에서 해방되는 기분이 들었다.

교실은 넓은 것 같아도 역시 좁은 공간인가?

6월은 반 분위기에 익숙해진 것 같아도 아직 완전히 몸에 익지는 않은 시기인지 가끔 공허한 느낌이 든다. 아무리 애를 써도 문득 살펴보면 한가운데 있는 건 늘 신페이였다.

"자, 오늘은 여기까지."

연습을 시작한 지 한 시간 조금 안 되었을 때 주장이 이렇게 말하자 야구부는 해산했다. 늘 그렇듯 다른 동아리보다 일찍 끝났다.

옷을 갈아입으러 돌아온 교실에는 아무도 없었다. 그리고 1학년 A반을 들쑤셔 놓은 두 번째 사건에 휘말리게 되었다.

먼저 눈에 들어온 것은 유리 파편이었다. 교실 뒷문에서 열 걸음쯤 들어온 바닥에 유리 조각이 흩어져 있었다. 얼른 고개를 드니 베란다로 나가는 커다란 유리창 아랫부분이 깨져 있었다. 그리로 아직 햇살의 온기가 묻어 있는 바람이 들어와 다리를 스쳤다.

바로 교무실로 달려가 알린 소타의 말을 듣고 담임과 교감 선생님이 교실로 달려왔다.

"이런, 또 박살을 내놓았군."

"그런데 어째서……."

"저거예요, 저거."

교감 선생님이 깨진 유리창 밖으로 보이는 축구공을 가리켰다. 베란다 난간 앞에 축구공이 보였다.

"누가 교실에서 공놀이라도 한 거겠죠. 잘못 차서 유리창을 깼을 테고. 지지리도 공을 못 다루는 녀석이."

그 짐작이 맞는다면 공을 찬 것은 A반 학생일 가능성이 높다.

"소타. 너 보지 못했니? 교실 수업 다 끝난 뒤에 교실에서 놀던 사람 없었어?"

후지타 선생님이 묻자 소타는 이렇게 대답했다.

"놀던 녀석은 없었지만…… 마지막까지 남아 있던 건 저희들인데요. 저하고 신페이. 체육복으로 갈아입느라."

"둘이만 있었어?"

"예. 다른 애들은 모두 동아리방이나 사물함 쪽에서 옷을 갈아입고 있었을 텐데……."

대답하다가 '아니, 그게 아니지' 하고 생각을 고쳤다. 늘 교실에서 옷을 갈아입는 건 둘만이 아니다. 소타와 신페이가 나간 뒤에도 교실에는 한 명이 남아 있었다.

히로. 아니, 그렇지만 설마 그 호감도로 똘똘 뭉친 것 같은 그 녀석이……?

"예, 둘뿐이었어요."

고민 끝에 소타는 히로 이야기를 입 밖에 내지 않았다. 고자질하는 것 같아 내키지 않았기 때문이다.

잘한 일이라고 생각하며 가슴속에 담아 두기로 했다.

그런데 이게 엉뚱한 결과를 불러왔다.

이튿날 아침, 골판지 상자와 고무테이프로 임시 조치를 한 교실 유리창을 보고 1학년 A반 아이들은 당연히 호기심이 발동했다.

"선생님, 이거 어떻게 된 거예요?"

"누가 깼다."

아이들이 물을 때마다 후지타 선생님은 난처한 표정을 지으며 '오늘 중으로 고칠 거야. 걱정 마'라는 대답만 반복했다.

그 결과 그날 교실에는 깨진 유리창을 둘러싸고 갖가지 억측이 난무했다. 곤도 신야가 화가 나서 그랬다는 설. 폴터가이스트[2]라는 설. 유리가 투신자살을 했다는 설. 운석 낙하설. 반쯤 재미 삼아 다들 떠들어 대는 가운데 반장인 히로 혼자만 심각하게 생각에 잠겨 있었다.

"잠깐, 할 이야기가 있는데."

결국 종례 때 히로가 아이들에게 말했다.

"사실 유리창을 깬 건 신야도 아니고 유령도 아니야.

---

2) 독일어 Polter(소음)와 Geist(영혼)를 합친 말로 소리만 나고 보이지 않는 요정이나 괴물을 말한다.

유리가 투신자살한 것도 아니고 운석이 떨어지지도 않았어. 축구공 때문이지. 누가 찬 건지는 모르지만 어제 방과 후에 내가 동아리 활동을 마치고 돌아왔을 때는 이미 깨져 있었어. 소타가 맨 처음 발견했지."

"맞아. 나야, 나."

소타가 신이 나서 어제 일을 이야기하자 히로는 반 아이들에게 이런 제안을 했다.

"후지타 선생님은 의심하고 싶지 않다고 하셨지만 나는 좀 단순할지 몰라도 공을 찬 사람은 우리 반에 있다고 생각해……. 그냥 넘어가지 말고 한번 다 함께 이야기를 해 보는 게 좋을 것 같은데, 어떻게 생각해?"

아무리 생각해도 모범생다운 발언이지만 히로가 말하면 그리 밉살맞게 들리지 않는다. 여자애들은 오히려 은근히 지지했다.

"맞아, 그래. 대충 넘어가는 건 좋지 않지."

"범인이 우리 반에 있다면 지금 스스로 밝히는 게 제일 좋을 텐데."

"맞아. 히로가 모처럼 기회를 준 거니까."

'범인 찾기'에 소극적이었던 슈마흐 사건 때와는 전혀 다른 리액션. 소타는 이 한 건만 보더라도 평소의 호감도가 얼마나 중요한지 알 수 있다는 생각을 했다.

"어서 자수해. 깬 건 어차피 남자겠지."

"그래, 맞아. 축구공이니까."

"뭐야, 여자도 축구하잖아."

"유리창을 깰 정도로 차지는 않지."

여자애들과 남자애들이 말씨름을 시작해도 유리창을 깬 범인은 자수할 기미를 보이지 않았다.

"물론 깨고 싶어서 깬 건 아닐 테지만 방과 후에 누가 교실에서 노는 걸 본 사람 없니?"

담임이 물어도 다들 고개만 저을 뿐이었다. 분위기가 가라앉은 교실에 조금씩 서로를 의심하는 불길한 기운이 감돌기 시작했다.

소타는 흘끔 눈을 들어 교단 앞에 서 있는 히로를 살폈다. 어제 방과 후에 마지막까지 교실에 있었던 히로. 기분 탓인지 히로는 표정이 여느 때보다 어두워 보였다.

에이, 설마. 히로가 범인이라면 굳이 자기가 나서서 범인을 찾자고 할 리 없다.

아니, 잠깐. 범죄자 가운데는 일부러 세상을 시끄럽게 만들고 즐거워하는 '쾌락 범죄'를 저지르는 놈도 있다. 머리 좋은 사람들 가운데 그런 놈이 많다고 텔레비전에서 어느 교수가 말했었다.

히로에 대한 믿음과 수상하다는 의심이 소타의 마음속에서 서로 충돌했다. 바로 그때였다.

"다들 중요한 걸 까먹은 거 아니야?"

이럴 수가. 신페이가 터무니없는 헛소리를 했다.

"일단 제일 먼저 의심해야 할 사람은 첫 번째 발견자지!"

물론 개그다. 그냥 우스갯소리로 한 말이다. 소타에게는 그 개그가 통했고 남자애들 몇 명도 웃었다.

그런데 여자애들에겐 전혀 먹히지 않았다.

"맞아, 나도 소타라고 생각했어."

리오가 한마디 하자 일제히 소타를 범인으로 여기는 시선이 날아와 꽂혔다.

"야, 신페이. 웃기려고 쓸데없는 소리 하지 마."

소타는 진지하게 반격했다.

"맞아. 소타는 깨진 유리 치우는 걸 도와주었어."

후지타 선생님도 편을 들어주었지만 여자애들은 의심하는 눈빛을 거두지 않았다.

"소타라면 그런 짓을 할 만해."

"범인은 현장에 돌아온다잖아."

"레이미를 울렸을 때도 결국 시치미 뚝 뗐잖아."

이럴 수가. 소타는 할 말을 잃었다. 어제 방과 후 선생님들이 유리 파편을 치운 뒤 소타는 걸레로 바닥을 닦았다. 작은 조각에 다른 아이들이 다칠까 봐 여러 차례 정성껏 닦아 냈다. 다른 애들에게 웃음을 주고 싶은 마음과 똑같은 서비스 정신이었다.

그런데 아무도 그 마음을 알아주지 않았다.

"내가 아니야, 멍청아. 웃기지 마."

이럴 때도 소타는 일단 입을 열면 심한 소리가 튀어나오고 만다.

"내가 했다는 증거 있어?"

"하지 않았다는 증거 있어?"

"그럼 넌 하지 않았다는 증거 있니?"

"난 현장에 돌아온 게 아니라니까."

"그야 동아리에 가입하지 않았으니까 그렇지."

예쁜 얼굴에 고집 센 리오와 말다툼하다가 소타는 한심하게도 울고 싶어졌다.

반 아이들 아무도 편을 들어주지 않았다. 나를 믿지 않는다. '우리 소타는 슬퍼도 울지 않는데 분하면 바로 우는구나.' 늘 곁에 있어 주었던 할머니 목소리가 머릿속에 되살아났다.

이건 분해서 나는 눈물인가? 아니면 태어나서 처음 느낀 슬픔의 눈물일까?

하지만 눈물을 흘릴 수는 없었다. 지금 울면 평생 남을 흑역사가 된다. 남은 중학 생활 2년 10개월이 엉망이 된다.

소타는 기를 쓰고 눈물을 참으며 될 대로 되라는 심정으로 내뱉었다.

"내가 아니야. 난⋯⋯, 난 진범을 알아."

"진범이라고?"

"진범은 히로야."

이 말을 내뱉고 1초 뒤에 후회했지만 이미 늦었다.

"히로?"

"뭐라고?"

교실 안이 찬물을 끼얹은 듯 조용해졌다. 소타를 쏘아
보던 시선들이 교단 앞에 선 히로 쪽으로 순식간에 이동
했다. 뜻하지 않은 전개에 소타도 할 말을 잃었다.

"뭐? 나?"

히로는 고개를 갸웃하며 말했다.

"어째서 나야?"

"어제 네가 맨 마지막까지 교실에 남아 있었잖아."

"맞아. 그렇지만 내가 그러지 않았어."

내가 그러지 않았어. 이 한마디로 충분했다. 겨우 3초
만에 정리되고 교실은 다시 술렁거렸다. 동시에 합창이
라도 하듯 '그러면 그렇지' 하는 소리가 교실 안에 울려
퍼졌다.

"그럼 그렇지. 히로가 그랬을 리가."

"히로가 범인이었다면 굳이 이런 문제로 회의를 하자

고 나섰을 리 없지."

"진짜 소타는 너무해. 남에게 죄를 뒤집어씌우려고 하다니."

"진짜 기분 나빠."

여자애들은 자기들이 매긴 서열이 낮은 남자애를 공격할 때면 인정사정 봐주지 않는다.

하기야 당연한 노릇이다. 히로가 진범일 리 없을 테니…….

벽에 박힌 압정까지 자기를 향해 날아오는 듯한 교실에서 소타는 그런 생각을 했다. 초점이 흐려진 눈동자에 창가의 유리창이 비쳤다.

점심시간에 새로 끼워 감쪽같이 원래 상태로 돌아간 유리창.

"너 정말 그러기야?"

그날 방과 후, 교실에서 체육복을 갈아입으며 소타는 신페이에게 따졌다.

"뭐? 의심해야 할 사람은 첫 번째 발견자라고? 너 때문에 난 망했어."

"개그야, 개그였다고."

"여자애들은 사실로 받아들이잖아. 결국 범인은 밝혀지지 않았고 난 아직도 혐의를 벗지 못했어."

"원망하려면 평소 네 행동을 탓해."

소타는 반박할 말이 없었다.

"나 정말 캐릭터를 바꾸지 않으면 위험하겠어. 진짜 그런 생각이 들었어. 이런 상태라면 우리 반에서 일어난 미제 사건은 모두 내가 한 짓이 되고 말 거야."

"그럼 형사 캐릭터가 전학 오면 완벽하겠네."

"놀리지 마. 나 지금 엄청 심각해. 어떻게 바꿔야 좋을까……? 제일 빠른 건 네가 내게 얼간이 역할을 양보해주는 건데."

"싫어."

"왜?"

"얼간이 역할이 꿀맛인걸."

"내가 이렇게 부탁할게. 백 엔 줄게, 어때?"

"매수냐?"

"점심 급식 때 나오는 푸딩도 주고."

시무룩한 기분을 달래기 위해 소타는 애써 익살맞은 목소리로 떠들었다.

창가에서는 오늘도 히로가 체육복으로 갈아입고 있다. 마치 아무 일도 없었다는 듯 차분하고 태연한 표정으로. 소타에게 진범으로 지목을 당한 일은 신경도 쓰지 않는다는 듯이.

"역시 난 다시 태어나도 저렇게 될 순 없을 거야."

종례가 길어졌기 때문에 흐린 하늘 아래 운동장으로 나갔을 때, 야구부는 이미 연습을 시작한 상태였다. 하필 이런 날 담당 선생님이 나타나 심기가 불편하신지 불같은 호통과 함께 평고를 날리는 특별훈련을 하고 있었다.

부원들 얼굴에는 여느 때 같은 느긋함이나 실수해도 '괜찮아' 하며 웃는 표정을 찾아볼 수 없었다.

뒤늦게 끼어들기 어색해 소타는 백네트 밖에서 일단 멈춰 섰다. 운동장으로 바로 들어설 수 없었다.

똑같은 야구부인데 평소와 달라 보였다.

이렇게 넓은, 전교생이 다 들어갈 수 있는 공간에도 이제 내가 설 자리는 없는 듯했다.

목 안이 뜨거워져 아까 꾹 눌러 넣었던 뭔가가 역류하듯 다시 치밀고 올라왔다.

소타는 어금니를 깨물었다. 생각났다. 눈물이 나는 건 분할 때나 슬플 때가 아니라 항상 외로울 때였다.

4.
사랑과 평화의 버섯머리

하세칸

시부야 한복판에 솟은 12층짜리 빌딩. 그 4층에 걸린 화려한 보라색 간판을 보며 하세칸은 '저기 있다!' 하고 주먹을 불끈 쥐었다.

"저기야, 저기. 봐, '카리스마'라고 적혀 있잖아."

저도 모르게 들떠서 소리를 지르며 곤도 신야의 팔을 팔꿈치로 찔렀다.

"봐, 저기."

"보고 싶지 않아."

"야, 진짜 있어."

"난 2층 패밀리 레스토랑에 가 있을게."

신야가 중얼거리는 목소리도 하세칸에게는 들리지 않았다.

꿈까지 꾸었던 '카리스마'. 10대에게 절대적인 인기를 누리며 인터넷에서 칭찬이 자자한 헤어숍. 드디어, 마침내 여기까지 온 것이다.

"5층에 있는 만화 카페에 가 있을게."

신야가 계속 중얼거렸지만 아랑곳하지 않고 하세칸은 여기에 이르는 기나긴 여정을 떠올리며 가슴이 뜨거워졌다.

발단은 2주 전, 1학년 A반을 30초 동안 떠들썩하게 만든 소타의 확 바뀐 이미지 때문이었다.

그때까지만 해도 야구부인 주제에 머리를 거추장스러울 만큼 길렀던 소타가 그 머리카락을 삭둑 자르고 귀가 드러나는 짧은 머리로 학교에 나왔다.

"좋았어. 이미지 전략 대성공."

이렇게 말하며 만족스러운 듯 씩 웃는 소타에게 하세

칸이 말했다.

"뭐야, 다른 사람 같네. 호감도가 올라가겠어."

"그렇게까지 해서 여자애들한테 인기를 끌고 싶냐?"

"일단 외모부터 챙기기로 했어."

신페이, 신야와 함께 소타를 놀릴 때까지만 해도 괜찮았는데 문득 정신을 차리니 창끝이 하세칸을 겨누고 있었다.

"하세칸, 그러니까 너도 머리 깎아. 이미지 한번 바꿔봐."

"그래. 그 머리 이제 익숙하긴 하지만 솔직히 이상해."

"맞아. 마치 뚜껑 같아."

"뚜껑……?"

분명히 하세칸의 머리는 촌스럽고 답답하다. 그리 길지는 않은데 곱슬머리라서 옆으로 넓게 퍼지고 귀를 덮어 헬멧처럼 보이기도 한다.

"어쩔 수 없지. 우리 엄마는 프로 미용사도 아니고."

발끈해서 한마디 대꾸했지만 하세칸은 바로 후회했다.

신페이, 신야, 소타가 일제히 '에엥?' 하며 몸을 뒤로 젖혔다.

"너 엄마가 머리 깎아? 중학생이?"

"진짜 이발소도 간 적 없다는 거야? 너 마더 콤플렉스냐?"

"나도 미용실에 가서 머리 깎는데."

진심으로 놀라는 세 명 앞에서 하세칸은 크게 당황했다. 중학교 1학년 남자애가 어머니에게 머리를 깎아 달라고 하는 것은 아무래도 평범한 일이 아닌 모양이다.

그걸 안 순간 하세칸은 자기 헤어스타일이 너무 창피해졌다. 뚜껑 모양이라는 사실보다 어머니 작품이라는 사실을 더 견딜 수 없다.

"절약이야, 절약. 그냥 이발비가 아까워서 그래."

다른 아이들 앞에서는 아무렇지도 않은 척해 보였지만 그날 학교에서 돌아오자마자 하세칸은 어머니에게 선언했다.

"나 이제 머리 미용실 가서 자르기로 했어."

"왜? 그냥 엄마가 잘라 주면 되잖아? 예쁘고, 공짜고."

경제적으로 넉넉하지 못한 형편이라 떨떠름해하는 어머니를 졸라 커트 비용을 타 내는데 걸린 기간은 열흘. 생각보다 훨씬 깐깐했던 어머니를 마지막에 움직인 것은 여동생의 한마디였다.

"엄마, 오빠 머리 진짜 끔찍해."

인생 첫 미용실은 인터넷에서 찾았다. 들어가기 편할 것 같은 분위기에 요금이 싸고 10대에게 인기 있는 헤어숍. 이리저리 헤맨 끝에 '카리스마'를 고른 까닭은 홈페이지에 '스태프 전원 카리스마 미용사입니다'라고 적혀 있었기 때문이다.

토요일에 동아리 활동을 빼먹고 가기로 마음먹은 하세칸은 바로 헤어숍 지도를 프린트했다. 카리스마 있는 솜씨로 새로 태어날 자기 모습을 상상하며 씩 웃었다. 주말이 너무 기다려졌다.

그런데 막상 그날이 다가올수록 마음이 약해졌다.

어쨌든 태어나서 처음 가는 미용실이다. 게다가 장소가 번화가인 시부야.

"저어."

그래서 하세칸은 신야에게 말을 건넸다.

"이번에 나 미용실에 가 보려고 하는데 같이 가지 않을래?"

돌아온 것은 매정한 목소리였다.

"싫어, 미용실은. 신페이나 소타에게 부탁해."

"걔들 동아리 활동이 있어서. 넌 어차피 빼먹을 거잖아."

"그렇다고 왜 네가 이발하는 데 따라가야 하지? 그냥 너희 엄마에게 잘라 달라고 해."

"이제 그러지 않기로 했어. 이 머리 스타일도 바꿀 거고."

"머리 스타일? 남자가 뭐 그런 거에 신경을 쓰냐?"

그러는 신야는 귀가 드러나는 아주 짧은 머리로 헤어 스타일에 신경 쓴 것 같지는 않다. 하지만 눈매가 서늘하고 또렷하기 때문에 오히려 손질하지 않은 느낌이 야생아 같아 멋져 보인다.

그에 비해 하세칸은 눈도 작고 쌍꺼풀도 없다. 어차피 내 심정을 이해하지 못할 거라는 생각에 설명을 포기하고 비장의 카드를 내놓았다. 부탁을 들어주면 신야가 갖고 싶어 하던 오가와 유코의 사진이 있는 달력(그 가운데 8월)을 줄 수도 있다는 미끼를 던졌다.

"뭐? 정말? 8월을 준다고?"

"그래. 9월이 되면 줄게."

오가와 유코는 하세칸과 신야가 요즘 푹 빠진 아이돌이다. 하세칸이 무뚝뚝해서 쉽게 친하기 힘든 신야와 마음을 터놓게 된 것도 유코 이야기를 하다가 마음이 맞은 덕분이다.

"으아. 9월까지 어떻게 기다리나."

이렇게 해서 하세칸은 신야를 끌어들이는 데 성공했다.

그런데 실제로 그날이 되자 신야는 도무지 내키지 않는지 시부야까지 가면서도 자꾸만 '가고 싶지 않아'라는 소리를 해 댔다. 하세칸이 '카리스마' 간판을 멍하니 바라보는 동안에도 아주 따분하다는 듯이 땅바닥만 툭툭 걸어찼다.

"야, 언제까지 그렇게 멍하니 있을 거야? 어차피 4층에 갈 거라면 가자. 4층 가면 되잖아."

포기한 듯한 신야가 재촉하는 바람에 하세칸은 '그래' 하며 건물 안으로 발을 디뎠다.

두 사람을 태운 엘리베이터가 위로 올라갔다. 마치 하늘까지 올라가는 기분. 눈 깜빡할 사이에 4층에 도착했다. 들뜬 마음으로 헤어숍 안에 들어서자 천장에서 쏟아지는 밝은 조명이 눈을 찔렀다.

동시에 깜짝 놀란 신야가 버럭 소리를 질렀다.

"으악, 냄새!"

파마약 냄새를 맡은 듯 얼굴을 잔뜩 찡그렸다.

"으아, 냄새! 지독해!"

실내에 울려 퍼진 신야의 절규에 카리스마 미용사들이 흘끔 돌아보았다. 그 시선을 받은 하세칸은 주춤 뒷걸음질 쳤다.

보라색 머리. 허리까지 기른 금발. 사자 갈기처럼 세운 머리. SF영화 속 세계처럼 미용사들 모두 난생처음 보는 헤어스타일이었다.

갑자기 오줌이 마려워진 하세칸 옆에서 신야는 여전히 입을 다물려고 하지 않았다.

"냄새 때문에 죽겠네!"

"야, 그만해."

"토할 것 같아. 으억."

"그만하라니까."

"아무래도 난 나가야겠어. 더 있다가는 쓰러질 것 같아."

"잠깐, 유코 8월 달력은……?"

"아직 6월이고 이제 됐어."

명색이 육상부인 신야는 발이 빠르다. 붙들 틈도 없이 도로 엘리베이터에 올라탔다. 그 문이 닫히자 하세칸은 혼자 미용실 입구에 남겨졌다.

캄캄한 우주에 나 홀로 덩그러니.

그런 심정인 하세칸을 우주인들—카리스마 미용사들이 흘끔흘끔 바라보았다. 헤어커트 천을 두르고 의자에 앉은 손님들은 모두 10대로 보이지만 역시 하세칸처럼 열두 살[3]쯤으로 보이는 얼굴은 없었다.

---

3) 일본은 우리와 달리 나이를 셀 때 '만 나이'를 사용한다.

내가 왜 여기 왔지?

일곱 가지 색으로 물들인 머리를 한 카리스마가 다가왔을 때 하세칸은 비틀거리며 뒤로 물러섰다.

"아뇨, 저어……"

"커트?"

"아뇨, 저어……"

"예약했니?"

"아뇨, 됐어요."

뭐가 됐다는 건지 자기도 모르지만 하세칸은 얼른 비상계단으로 달려가 눈부시게 반짝이는 카리스마들로 이루어진 은하에서 탈출했다.

사람, 사람, 사람. 어디를 봐도 사람들로 넘쳐나는 시부야 거리에서 신야의 모습은 이미 찾아볼 수 없었다.

당장이라도 비가 쏟아질 것 같은 장마철 공기 속에 역까지 겨우 10분 걸리는 거리가 하세칸에겐 엄청 길게 느껴졌다. 오가는 어른들은 키가 너무 크고 치솟은 빌딩들은 너무 거대했다.

역에 도착해 또 한바탕 애를 먹었다. 인파 속에서는 승차권 파는 곳을 찾기도, 화장실 찾기도, 플랫폼 찾기도 시간이 걸렸다. 몇 번이나 사람들과 부딪혀 그때마다 잘못한 것도 없이 '죄송합니다'라며 고개를 숙였다.

내가 지금 뭐 하는 거지?

간신히 탄 전철 창문에 아무 변화도 없는 머리가 비치자 갑자기 분한 마음이 들었다.

꼴사나운 헤어스타일. 꼴사나운 나. 늘 뭔가 한 걸음 부족하다.

맞아, 나는 늘 그랬다. 집에서나 교실에서나 축구부에서나 늘 간신히 다른 아이들을 따라갈 뿐이다. 뭔가 나서서 척척 해 나가는 일이 없다. 해내겠다는 의욕보다 실수하고 싶지 않은 마음이 더 크다 보니까 무슨 일을 해도 어중간했다.

그런 자기 모습에 짜증을 내며 집에서 가장 가까운 역에서 내렸다.

역에서 집까지는 다시 걸어서 10분. 하지만 인구밀도나 빌딩 높이가 시부야 거리와 비교도 할 수 없다. 언덕

길을 따라 늘어선 상점가를 지나 강을 건너고 역에서 멀어질수록 건물은 점점 더 낮아지고 오가는 사람들도 줄어들었다.

여느 때는 촌스럽게 느껴지던 한가로운 풍경이었지만, 오늘은 마음이 놓였다.

가로수 푸르른 잎과 마당에 핀 꽃들에도 눈이 편해졌다.

어느 집 현관 앞에 핀 수국을 보았을 때는 저절로 걸음이 멎었다.

수없이 많이 매달린 꽃송이들. 파란색에서 보라색으로 바뀌는 섬세한 그러데이션. 그 고운 색을 한동안 들여다보던 하세칸이 문득 시선을 돌린 순간 이상한 느낌이 들었다.

거기는 일반 주택이 아니라 가게였다.

현관에 걸린 간판에는 '유키미용실'이라는 글자가 적혀 있었다.

'미용실'

꿀꺽. 하세칸은 침을 삼켰다.

"어서 오세요."

마음을 굳게 먹고 연 문 안에는 아무리 보아도 어머니보다 나이가 많은 아주머니가 있었다. 짧고 검은 머리에 회색 옷. 신발만 금빛으로 반짝거렸다.

이분이 유키 아주머니?

카리스마는 제로. 조금 전에 본 미용사들과는 너무 다른 겉모습에 하세칸은 반쯤 실망하고 반쯤 마음이 놓였다.

"저어……."

쭈뼛거리면서 둘러보니 좁은 가게 안에 있는 것은 의자와 머리 감는 곳, 그리고 손님 대기용 긴 의자뿐. 다른 손님은 보이지 않았다.

"커트 부탁합니다."

"아, 우리 집 처음이니?"

"아, 예."

"그럼 일단 이쪽으로 와."

아주머니가 안내하는 대로 하세칸은 태어나서 처음 미용실 의자에 앉았다. 치과에서 치료받을 때 앉는 의자보다 훨씬 작고 폭신했다. 바로 앞에는 바라보기 멋쩍을 만큼 커다란 거울이 있다.

"어떻게 자를까? 원하는 스타일 있어?"

"아, 저어, 그게……."

"어떤 스타일이든 말만 해. 우린 중고등학생 같은 어린 손님들도 많아. 최대한 원하는 대로 해 줄 테니까 부담 갖지 말고 말해."

상냥한 말투에 기운이 났다. '이번에는 기필코' 하며 하세칸은 용기를 냈다.

"저어, 그…… 존처럼."

"응?"

"존 같은 헤어스타일……로 하고 싶은데요."

마침내 말했다. 하세칸은 내친김에 청바지 주머니에 손을 집어넣었다. 거기에는 잡지에서 오려 낸 인기 그룹 '태풍일과(颱風一過)'의 보컬인 존의 사진이 있었다.

멤버 가운데 제일 음치인 존. 그런데 그가 쿨한 스타로 인기를 모으는 까닭은 얼굴이 잘생겼기 때문이 아니라 헤어스타일이 멋지기 때문이라는 사실을 하세칸은 잘 안다. 꼼꼼하게 살펴보면 얼굴은 특별히 잘생기지 않았고 눈도 작다. 존처럼 정수리 머리를 풍성하게 하고 앞머리를 살짝 이마 쪽으로 흘러내리게 하면 누구나 그럭저럭 쿨하게 보일 것이다.

"어머, 존? 좋지. 나도 자주 들어."

"진짜요?"

운 좋다, 운이 좋아. 사근사근한 유키 아주머니 덕분에 마음이 편해진 하세칸은 존의 사진을 건네려고 했다.

바로 그때 미용실 문이 짤랑 종소리를 냈다.

"어서 오세요."

유키 아주머니를 따라 고개를 돌린 하세칸은 문 앞에 우두커니 서 있는 사람을 보고 깜짝 놀랐다.

거기 서 있는 사람은 마쓰바라 고노미. '고노짱'이라고 불리는 같은 반 여학생이었다.

우연히 마주쳐 마찬가지로 눈이 동그래진 고노짱을 하세칸은 얼른 외면했다.

얼굴이 토마토처럼 동그랗고 혈색이 좋은 마쓰바라 고노미는 반에서 공부를 제일 잘하면서 잘난 척하지 않는

명랑한 아이다. 하지만 소타와 달리 여학생들과 자주 어울리지 않는 하세칸은 한 번도 이야기를 나누어 본 적이 없다.

"미안, 고노짱. 좀 기다려 줄래?"

단골로 보이는 고노짱은 유키 아주머니가 이렇게 말하자 '예'라고 대답하고 자연스럽게 문 옆 긴 의자에 걸터앉았다.

제발 말 걸지 말아 줘.

하세칸의 소망이 전달되었는지 고노짱이 말을 걸 것 같지는 않았다.

마음을 놓은 것도 잠깐, 하세칸의 목에 수건을 두르며 유키 아주머니가 말했다.

"그럼 먼저 머리부터 감자. 내게 맡겨. 완전 존과 똑같이 해 줄 테니까."

눈을 번쩍 뜬 하세칸과 거울에 비친 고노짱의 시선이 마주쳤다. 그 눈빛이 비웃는 느낌이 들어 하세칸은 목까지 새빨개졌다.

그 뒤로 일어난 일들은 거의 기억이 나지 않는다. 땀

이 밴 손으로 움켜쥔 존의 사진은 도로 청바지 주머니에 집어넣었다. 어서 끝났으면. 시간아, 빨리 가 다오. 머리를 감으면서도, 머리카락을 자르는 중에도, 드라이어로 마무리하면서도 하세칸의 바람은 오직 그뿐이었다. 눈은 내내 꾹 감고 거울도 제대로 보지 못했다. 눈을 뜨면 고노짱과 또 시선이 마주칠지도 모른다.

"자, 다 되었다."

유키 아주머니가 자신만만한 목소리로 말했다. 하세칸은 눈을 떴다. 그리고 거울에 비친 자기 모습을 보자마자 의자에서 떨어질 뻔했다.

"헉!"

이건 아니다. 거울에 비친 헤어스타일은 '태풍일과'의 멤버 존과 전혀 달랐다.

눈썹에 닿을락 말락 하게 한 일자를 긋는 앞머리. 귀 위에서 삭둑 잘라 낸 옆 머리카락. 이른바 '버섯머리'다. 그런데 곱슬머리라서 머리카락이 전체적으로 살짝 안쪽으로 말려들어 갔다.

작은 뚜껑 같아, 라고 하세칸은 생각했다. 마치 양송이

버섯을 머리에 쓰고 있는 듯했다.

"역시 잘 어울리네. 나도 꼭 한번 해 보고 싶었어. 존 레논의 머시룸 커트."

존 레논이라니. 그제야 하세칸은 터무니없는 오해가 있었다는 사실을 깨달았다. 하지만 이제 와서 떠들어 봤자 잘려 나간 머리카락이 돌아올 리 없다. 이제 와서 내가 원했던 모습은 '태풍일과'의 존이었다고 설명해 봤자 창피할 뿐이다.

하세칸은 녹슨 기계처럼 몸을 움직여 계산을 마친 뒤 고개를 푹 숙인 채 미용실을 나가려고 했다.

"하세칸."

긴 의자에 앉아 잡지를 보던 고노짱이 말을 건 것은 현관문에 손을 대기 직전이었다.

"그런데 존 레논이라니, 누구야?"

나도 그것이 알고 싶다!

속으로 절규하면서도 하세칸은 못 들은 척했다.

"하세칸!"

다시 고노짱의 목소리가 뒤쫓아 왔다. 하지만 뒤도 돌

아보지 않고 유리문을 거칠게 밀친 다음 미용실을 쏜살같이 뛰쳐나갔다.

두 번 불렀지만 두 번 다 무시했다. 형편없는 태도였다고 반성한 건 그날 밤 마음이 좀 가라앉은 뒤였다.

"어머, 괜찮잖아? 그 머리는 그 머리대로 귀여워. 다음부턴 엄마가 그 머리에 도전해 볼게."

마구 웃을 줄 알았는데 식구들 반응은 미묘했다. 살짝 불쌍하게 여기는 듯도 했지만 그리 형편없는 헤어스타일로는 여기지 않는 듯했다. 여동생의 코멘트는 '짧아!'라는 한마디였다. 심지어 아버지는 어머니가 이야기를 해 준 다음에야 '아, 그래. 머리 깎았구나' 하며 아는 척했을 정도다.

결국 헤어스타일 같은 건 자기 이외에는 그리 신경 쓰지 않는 모양이다.

그렇게 생각하니 마음이 좀 편해졌다.

맞다. 고노짱도 막 완성된 따끈따끈한 버섯머리를 보고 웃음을 터뜨리지는 않았다.

"존 레논이라니, 누구야?"

그냥 그걸 알고 싶었던 것이리라. 천진난만한 눈빛으로 방글방글 웃고 있었다. 무척 귀여웠다. 그런데 무시하고 말았다—.

저녁을 먹은 뒤 하세칸은 숙제 때문에 검색할 것이 있다고 거짓말하고 거실 컴퓨터를 독차지했다. 고노짱 때문에 이미지 바꾸기에 실패한 쇼크보다 원조 버섯머리에 대한 관심이 더 커졌기 때문이다.

인터넷에서 '존 레논'이라고 검색했더니 놀랍게도 며칠 걸려도 도저히 다 볼 수 없을 만큼 많은 관련 사이트가 나왔다. 아마 엄청나게 유명한 사람인 모양이다.

영국인. 지금은 저세상으로 떠난 슈퍼스타. '더 비틀스'라는 밴드의 멤버. 결혼 상대는 일본 여성 오노 요코. 그 요코와 함께 평화운동도 했다. 밴드 해체 뒤에도 존 레논은 사랑과 평화를 위해 노래했다.

러브 & 피스. 사랑과 평화. 나쁜 사람은 아닌 모양이다.

존에 대해 쓴 글을 읽거나 유튜브에서 노래를 듣기도 하다 보니 하세칸은 점점 빠져들었다. 자기와 같은 헤어스타일을 한 이 사람을 더 알고 싶다. 어떤 노래를 했는지, 어떤 생각을 했는지.

멍한 눈으로 검색을 계속했다. 오전 1시가 지나서 '어지간히 하고 자라'고 아버지에게 야단을 맞았을 때는 '태풍일과'보다 비틀스의 존이 훨씬 쿨하게 느껴졌다.

"어, 뚜껑 교체했냐?"

"어째 뚜껑이 콤팩트해졌네."

"별로 바뀌지 않았네. 시부야까지 갔다면서 겨우 그거야?"

월요일, 하세칸의 새 헤어스타일은 1학년 A반 교실을 10초 동안 소란스럽게 만들었다.

그래 봤자 떠들썩했던 사람은 세 명뿐. 다른 애들은 흘끔흘끔 보기나 했지 이렇다 할 리액션은 없었다.

진짜 이상하다고 생각하면서도 하세칸은 '닥쳐' 하며 세 명 옆을 지나갔다. 멈추지 마, 계속 걸어. 스스로를 격려하며 복도 쪽 자리에서 마코토와 이야기를 나누고 있는 고노짱에게 다가갔다.

"저어……."

숨을 크게 들이쉬고 말을 걸었다. 같은 반 여학생에게 먼저 말을 걸기는 처음이었다.

"어제 미안했어."

"응?"

"늦었지만, 저어, 존 레논은 말이야……."

고노짱의 반응이 더 빨랐다. 하세칸이 말을 잇기도 전에 고노짱이 말했다.

"나 검색해 봤어."

방긋 웃으며 손가락 두 개를 펼쳐 V 사인을 만들었다.

"러브 & 피스."

활짝 웃는 얼굴에 가슴이 두근거려 하세칸은 눈을 깜빡거렸다. 고노짱도 앞머리를 아주 짧게 잘랐다. 하세칸은 입술을 꾹 다물고 간신히 웃음을 참으며 오른손을 허리춤까지 들어 올려 같은 사인을 만들어 보였다.

러브 & 피스.

오늘부터 내 머리는 단순한 뚜껑이 아니다. 사랑과 평화의 버섯머리다.

5.
1001명째 여자아이

리오

야쓰가타케[4] 산을 향해 달리는 차 안은 흥이 나지 않는 분위기였다. 이따금 뒤편에서 신페이의 개그와 이상한 외국 노래가 들려올 뿐이었다. 다들 신이 나지 않는 듯했다. 오전 8시. 아직 졸리기 때문인지도 모르고, 1박 2일 자연 체험 합숙 같은 것은 가고 싶지 않은지도 모른다.

앞에서 다섯 번째 자리에 앉은 리오도 솔직히 가고 싶지는 않았다. 재미없는 단체 행동을 하느라 주말을 망쳐

---

4) 해발 2899미터. 일본 야마나시 현과 나가노 현에 걸친 산.

야 한다면 집에서 책을 읽거나 합기도 도장에 가는 편이 더 낫다. 그런 생각이 드니 자연히 말수가 적어졌다.

아리스는 리오 옆자리에 앉아 창에 기댄 채 오늘은 여느 때와 달리 조용했다. 평소 같으면 신페이가 하는 개그에 웃어 주기도 할 텐데 오늘은 아무 반응도 보이지 않았다. 아 참, 그러고 보니 멀미를 한다고 했지.

"괜찮니?"

리오가 묻자 아리스는 돌아보며 꾹 다물었던 입술에 웃음을 지었다.

"응, 괜찮아. 좀 긴장했을 뿐이야."

반들반들 윤이 나는 갈색 피부에 '아기 사슴 밤비'처럼 커다란 검은 눈동자. 참 예쁘다. 같은 여자인데도 리오는 넋이 나갔다.

하라초등학교 때부터 미소녀로 유명했던 아리스. 이렇게 예쁜 여자애가 나하고 친구라니, 리오는 상상도 못했다. 아니, 내게 친구가 생기다니, 믿을 수 없다.

불편하지 않을 만큼 적당한 거리. 하라초등학교 시절에 리오는 친구를 사귀고 싶었지만 이루어지지 않았다.

자칫 너무 친해지면 친구 사이에도 지켜야 할 여러 규칙 같은 것들이 생겨 답답한 느낌이 든다. 그 규칙을 지키지 않으면 미움을 산다. 좋지도 싫지도 않을 정도, 적당한 거리를 지키는 편이 낫다. 나는 '친구'를 사귀기에 어울리지 않는다는 생각이 들었다.

그런데 지금 곁에 있는 아리스는 '친구' 말고 다른 말로 표현할 길이 없다.

중학교에 입학해 우연히 함께 보건위원이 되었다. 처음에는 그뿐이었다. 가끔 이야기를 나누게 되었고 차츰 둘 다 책을 좋아한다는 사실을 알게 되었다. 아리스가 무민 시리즈를 빼놓지 않고 읽고 있다는 걸 알았을 때 리오는 '나도!' 하고 자기도 깜짝 놀랄 만큼 큰 소리를 질렀다.

스너프킨이나 꼬마 미이, 무민 파파 이야기로 둘이 정신없이 수다를 떨었다. 무민뿐만 아니라 그 뒤로도 재미있는 책이 나올 때면 반드시 읽고 감동을 함께 나누었다. 때론 짧은 이야기를 써서 보여 주기도 했다. 상대방이 아리스가 아니었다면 리오는 죽어도 보여 주지 않았을 것이다.

유행하는 멋내기에는 관심이 없었다. 연예계 이야기도 잘 모른다. 공부는 그럭저럭 괜찮게 한다. 그런 면도 리오와 아리스는 비슷했다.

그렇지만 숨쉬기 힘들 만큼 가까운 관계는 아니다. 육상부인 아리스와 동아리 활동을 하지 않고 집 근처 합기도 도장에 다니는 리오는 방과 후면 서로 다른 세계를 산다. 서로 자기만의 공간을 지닌 그 거리감도 리오는 마음에 들었다.

"진짜 친구를 찾으려면 시간이 오래 걸린단다. 그러니 마음에 맞는 아이를 쉽게 만나지 못하더라도 포기하면 안 돼. 1001번째로 만난 사람과 마음이 맞을 수 있을지 모를 일이니까. 그렇기 때문에 인생을 우습게 여기면 안 되는 거야."

어머니는 자주 이런 말을 했다. 하지만 그 말에 공감한 것은 아리스가 나타난 뒤였다.

"나 이제야 1001명째 사람을 만난 건지도 모르겠어."

"열두 살에 만났다면 정말 잘된 일이지."

"엄마는 언제?"

"열일곱 살에. 그 뒤로 이 세상이 다르게 보였어."

시력이 매우 좋지 않은 리오 어머니는 아마 다른 사람보다 후각을 중요하게 여기며 사는 것 같다. 마찬가지로 시각 장애가 있는 아버지도 똑같다. 함께 침구원을 운영하는 두 분은 리오에게 항상 자기들 몫까지 책을 읽고 많은 체험을 하여 넓은 세상을 알려 달라고 한다. 그래서 리오는 책을 읽었고 가고 싶지 않은 자연 체험 합숙에도 참가하게 되었다.

사실 참가는 자유라고 했지만 말뿐이고 당연히 가야 하는 학교 행사였다. 참석하지 않은 아이는 등교하지 않는 가호와 바이올린 영재교육을 받는 가와무라 후가뿐.

두 명을 제외한 1학년 A반 학생들을 태운 버스에는 빈자리가 제법 보였다. 착실한 남자애들은 앞쪽에, 까부는 남자애들은 뒤쪽에 모였다. 그 중간에 듬성듬성 여자애들이 자리를 잡았다.

창밖을 흘러가는 풍경에서 고층 빌딩들이 사라지고 대신 숲이 늘어나도 아리스는 표정이 여전히 굳어 있었다.

'좀 긴장했을 뿐이야.' 리오는 아리스가 조금 전에 한 말을 떠올리며 뒤늦게 고개를 갸웃거렸다. 예쁜 애들은 체험 합숙에도 긴장하는 건가?

"으악."

갑자기 버스 앞쪽이 소란스러워졌다. 화장실에 가기 위해 휴게소에 도착하기 직전이었다.

"이타루가 토했어."

히나코가 날카로운 목소리로 말했다.

바로 떠들썩한 소리가 파도처럼 뒤로 밀려왔다.

"이타루, 괜찮니?"

운전석 옆에 앉은 후지타 선생님이 자리에서 일어나 통로 쪽 자리에서 비닐 봉투를 입에 대고 있는 나카사토 이타루에게 다가갔다.

"으아, 이타루 저 멍청이."

"진짜, 골칫덩이야."

리오 앞줄에서 들려온 목소리의 주인은 고니시 미나와 야마가타 유우카였다.

"군것질을 너무 했지. 꾀를 부려 잔뜩 가져왔으니까."

"맞아."

잔꾀를 부리며 거짓말 잘하는 이타루는 1학년 A반의 문제아다. 이번 여행에도 아마 오백 엔어치는 훨씬 넘을 군것질거리를 싸 왔다. '과자 가게를 하는 친척이 공짜로 줬어'라는 빤한 거짓말까지 하면서. 결국 그걸 먹다가 그만 토한 모양이다. 정말 멍청이라는 생각이 들었다.

다들 싸늘한 눈으로 구경만 하는 가운데 반장인 히로는 후지타 선생님 옆에서 이타루의 등을 쓰다듬어 주고 있었다. 싫은 표정 하나 없이 진지하게. 그 진지한 표정을 보고 리오는 눈을 뗄 수 없었다.

히로는 자석 같다. 리오를 사로잡아 움직일 수 없게 만든다. 합숙 같은 건 싫다면서도 이날을 위해 밝은 마린블루 셔츠를 사 입은 까닭도 히로가 있기 때문이다.

처음에는 냄새를 의식했다. 입학한 지 얼마 지나지 않아 복도에서 히로와 마주쳤을 때 코끝을 스치는 희미한 바람에서 풋사과 같기도 하고 레몬 같기도 한 맑고 상큼한 냄새가 났다.

히로를 알게 될수록 냄새뿐만 아니라 다른 면도 좋아

졌다. 살짝 수줍어하는 듯한 웃음도, 반장으로서 열심히 하는 모습도, 수업 중에 발표하라고 지명받으면 답을 알면서도 '음—, 그러니까' 하고 5초쯤 머뭇거리는 모습도.

이제는 학교에 있는 시간이면 온통 히로에게만 신경이 쓰인다.

얼굴을 더 보고 싶고, 목소리를 더 듣고 싶고, 냄새를 더 맡고 싶다.

……나 혹시 변태인가?

냄새로 남자애를 좋아하게 되다니, 들어 본 적도 없는 이야기다. 여태까지 읽은 어떤 소설에도 그렇게 시작되는 사랑은 없었다. 남들과 다른 건 좋은 일이라고 믿는 리오도 이번만은 '뭐 어때서' 하며 가슴을 쭉 펼 수가 없었다.

애당초 사랑이란 게 나하곤 어울리지 않는다. 친구 이상으로 어울리지 않는다. 왠지 혼란스럽고, 쑥스럽고, 내가 내가 아닌 것 같고—.

그래서 뭐든 다 털어놓는 아리스에게도 히로 이야기만은 하지 않았다.

바로 그런 이유 때문에 초조했다.

"저어, 리오. 나 말이야……."

출발한 지 한 시간 반, 버스가 멈춰 선 주차장 벤치에서 쉴 때 아리스가 진지한 표정으로 털어놓았다.

"나 이번 합숙 기간에 고백하려고 해."

"뭐?"

고백?

누구에게?

합숙 기간에?

아리스가?

아리스도 사랑을?

에엥—?

머릿속이 공황 상태가 되었다. 리오의 입에서 나온 것은 딱 한 마디뿐이었다.

"진짜?"

사실은 바로 '누구에게?'라고 묻고 싶었다. 아리스가 고백하겠다는 상대는 누굴까? 리오가 묻지 않고 머뭇거린 까닭은 그 상대가 히로라면 어떡하지, 하는 생각이 퍼

뚝 들어 불안해졌기 때문이다.

만약 아리스도 나와 같은 남자애를 좋아한다면?

생각만 해도 끔찍하다.

"나 있잖아, 처음이야. 남자애를 좋아하게 된 건……. 초등학교 다닐 때는 마음에 드는 애가 없어서 왠지 마음을 열지 못했다고나 할까?"

그렇지만 리오 덕분에 처음으로 사랑이란 걸 느꼈다고 아리스가 말했다.

"뭐? 어째서?"

"리오를 만나고 나서 내가 변했으니까. 지금은 좋아하는 애가 생겨서 정말 기뻐. 가슴이 너무 두근두근하고 설레서 이제 이대로 있으면 터져 버릴 것 같아……. 그래서 고백하기로 결심했지. 마음을 굳혔더니 가슴이 더 두근거리네."

뭐가 리오 덕분인지 알 수 없지만 버스 안에서 아리스가 긴장했다는 사실은 안다. 순간 리오의 마음속까지 그 긴장이 밀려 들어온 듯 가슴이 두근거렸다. 아리스가 이렇게 정열적인 아이였다니.

"애들아, 출발하자."

버스 앞에서 히로가 집합하라고 소리치자 아이들이 슬금슬금 모여들었다. 히로는 오늘도 단짝인 게이타로와 함께였다. 입가에는 그 수줍은 듯한 미소. 리오의 눈에는 태양이 편을 들어주는 것 같다는 생각이 들 만큼 히로만 유난히 빛나 보였다.

"그래? 너 고백하는구나."

속으로 동요했지만 겉으로 드러내지 않고 중얼거렸다.

"용기 있네."

잘 해, 라는 말은 할 수 없었다.

같은 버스, 같은 자리는 화장실에 들르기 위해 휴게소에서 멈추기 전과 그 뒤는 모든 게 달라지고 말았다.

신페이의 개그도, 미나와 유우카의 수다도 이제 리오에게는 들리지 않았다. 창밖을 스쳐 지나가는 풍경들도 눈에 들어오지 않았다.

고백하려고.

고백하려고.

고백하려고.

아리스의 목소리만 머릿속에서 맴맴 돌았다.

만약 상대가 히로라면?

이 생각만 들었다.

침착하자. 리오는 스스로 타일렀다. 1학년 A반에는 남자애가 열두 명 있다. 히로가 아닐지도 모르잖아.

히로가 아니라면 누굴까?

리오는 열두 명의 얼굴을 하나하나 떠올렸다.

합숙에 참가하지 않은 가와무라 후가와 골칫덩이 이타루는 일단 제외. 히로 다음으로 여자애들에게 인기 있는 건 아마 신야일 것이다. 아이돌처럼 예쁜 얼굴을 한 히로에 비해 신야는 피부가 좀 검은 와일드 계열. 말이 없고 좀 불량스럽게 보인다. 잘은 모르지만 신야와 어울리는 하세칸도 그 헤어스타일은 남을 웃기려는 건지, 리오에겐 수수께끼 같은 존재다.

히로와 사이좋은 게이타로는 의젓한 아이다. A반에서는 보기 드물게 다른 학생들을 편하게 해 주는 힐링 계열. 반대로 신페이와 소타는 반 분위기를 떠들썩하게 만

드는 개그 계열. 시끄러울 때는 짜증 나지만 재미있을 때
도 있다. 나름대로 캐릭터가 있지만 연애 상대로는 느껴
지지 않는다.

나머지 네 명…… 네 명…… 아, 소년 메타보⁵⁾인 타보.
그리고 공부벌레 요시다 류야. 둘 다 일찌감치 후보에서
빼도 된다.

남은 두 명은 기억이 잘 나지 않을 정도이니 아리스가
좋아하는 남자애는 아닐 것이다.

아아ㅡ, 리오는 더 실망했다. 역시 아리스가 좋아할 남
자애는 히로밖에 남지 않는다. 아리스가 좋아하는 아이.
첫사랑인데 인생 첫 친구와 같은 남자애를 좋아하게 되
다니.

이번 합숙 중에 아리스에게 고백을 받으면 히로는 어
떻게 할까?

리오의 불안은 마구 부풀어 오르기 시작했다.

왜 하필 아리스지? 2학년, 3학년 선배들까지 쉬는 시

5) 메타볼릭 신드롬(metabolic syndrome 대사 증후군)의 일본식 줄임말.

간이면 우리 교실로 구경하러 오는 미소녀인데. 고백을 받으면 어떤 남자애라도 거절하지 못할 만큼 정말 예쁘다. 게다가 히로는 좀 우유부단하달까, 적극적인 사람에게는 약한 모습을 보인다.

만약 아리스와 히로가 사귀게 된다면 난 어떡해야 하나. 지금처럼 친구로 지낼 수 있을까? 히로와 아리스가 사이좋아져도 기분 상하지 않을까?

도무지 자신이 없었다. 어쨌든 리오는 자기에게 거짓말하지 못하는 타입이었다.

나는 틀림없이 질투로 똘똘 뭉친 아이가 되겠지. 퉁명스러운 표정을 지을 거야. 심보 사나운 시누이처럼 아리스에게 미운 소리를 툭툭 던질 것 같아.

으아, 너무 추해. 생각만 해도 내가 싫다.

—아니야, 잠깐만.

리오가 나쁜 마음이 든 것은 창 너머로 보이는 하늘에 칼로 그은 듯한 지붕이 보이기 시작할 무렵이었다.

이런 식으로 갈피를 못 잡고 고민하느니 아예 내가 먼저, 아리스보다 먼저 히로에게 고백하면 되지 않을까?

비겁하다는 건 안다. 하지만 리오는 아직 아리스에게 고백할 상대가 누군지 이름을 들은 게 아니다. 히로를 좋아해. 그 한마디를 듣는다면 끝이다. 리오는 평생 자기 생각을 지우려고 애쓰며 아리스를 응원해야 한다.

지금이라면 아직 기회는 있다. 히로에게 고백하는 거다. 아리스보다 먼저.

그런데 언제? 어떻게?

널 좋아해. 이 말만 머릿속에 떠올려도 귀까지 뜨거워진다.

무엇보다 히로가 어떤 반응을 보일지.

리오는 평소 히로와 그리 친하지 않았다. 히로 앞에만 서면 지나치게 의식해 오히려 무뚝뚝하게 대하기까지 했다. 교실이나 복도에서 마주칠 때마다 리오가 코를 벌름거린다는 사실은 전혀 모를 것이다.

게다가, 게다가— 예를 들어 기적적으로 서로 생각이 같다고 해도 새로운 문제가 생길 게 불을 보듯 빤했다.

히로와 내가 잘 된다면 아리스는 괜찮을까? 아리스가 여전히 지금처럼 나를 대해 줄까?

아니야, 나는 못하면서 아리스에게 바란다는 건 말도 안 된다.

결국 리오는 답이 없다는 결론에 이르렀다. 어쨌든 아리스와 내 관계는 막다른 골목에 다다를 것이다. 사랑이 우정에 균열을 일으킬 거다. 두 여자애와 한 남자애. 세 사람은 영원히 행복하게 살았습니다. 이런 식의 해피엔딩은 들어 본 적이 없다.

"리오."

아리스가 나를 부르는 바람에 깜짝 놀랐다.

"어, 뭐, 뭔데?"

"뭐긴……."

크게 당황한 모습을 보이는 리오에게 아리스는 의아한 표정을 지으며 말했다.

"다 왔다고."

"어?"

"숲속 학교."

퍼뜩 정신을 차리니 버스 엔진이 멈춘 상태였다. 흐름을 멈춘 창 너머로 2층짜리 평범한 건물, 야쓰가타케 산

숙박 시설에 도착한 모양이다.

"미안. 잠깐 멍했네."

리오는 선반에서 배낭을 꺼내 다른 아이들 뒤를 따랐다.

버스에서 내려 땅을 딛자마자 코끝을 스치는 바람에는 정신이 확 들 만큼 산뜻한 흙과 나무 냄새가 묻어 있었다. 에어컨 바람과는 다른 신선한 서늘함. 생명이 깃든 서늘한 바람이었다. 산에 가깝기 때문인지 조금 전까지 파랗던 하늘에 흰 구름이 드리워 있었다.

리오는 크게 기지개를 켜며 버스 쪽을 돌아보았다. 아리스가 아직도 내리지 않았다. 무얼 하는 걸까. 살짝 초조해질 무렵 드디어 아리스가 버스 승강구에 모습을 드러냈다.

"아리스?"

한눈에 아리스에게 문제가 생겼다는 걸 알 수 있었다.

아리스가 이상하다. 힘이 하나도 없고 눈동자에 초점이 없었다. 육상으로 단련된 다리가 비틀거리고 배낭이 무척 힘에 겨워 보였다.

멀미를 하는구나.

리오가 아리스에게 달려가려는 바로 그 순간, 아리스
가 살짝 비명을 질렀다.

"어머."

발을 헛디딘 아리스. 그 흰 운동화가 버스 승강구 계단
에서 미끄러지며 허공을 디뎠다. 가냘픈 몸이 휘청 흔들
리더니 출입문 계단 세 칸을 단숨에 떨어졌다.

털썩. 큰 소리를 내며 아리스는 땅바닥에 떨어졌다.

투명한 공기 속에 그곳만 모래 먼지가 일었다.

"아리스!"

얼른 자기 쪽으로 달려온 리오를 보자 아리스가 말했
다.

"괜찮아."

두 손으로 땅을 짚고 몸을 일으키면서 아리스는 씁쓸
하게 웃었다.

"헛디뎠네."

"다쳤어?"

"괜찮아. 좀 까졌을 뿐이야."

리오는 아리스를 부축해 일으켰다.

아리스가 즐겨 쓰는 샴푸 향기도 함께 올라왔다. 짙은 바닐라 향. 지금은 다른 어떤 냄새보다 깊숙이 스며들었다.

순간 탁, 하고 책을 덮듯이 리오는 현실로 돌아왔다.

내가 이 아이를 배신하려고 했다니……

흙먼지가 잔뜩 묻은 아리스를 보며 리오는 자신이 너무 부끄러워져 고개를 푹 숙였다.

뒤에서 웃음소리가 크게 난 건 바로 그때였다.

"으헤헤헤헤헤."

돌아본 리오 앞에는 빠진 이를 드러내고 웃는 이타루가 있었다. 조금 전까지는 차멀미로 축 늘어졌던 녀석이 아리스를 손가락질하며 웃었다.

"으헤헤헤헤헤헤헤."

리오의 동작은 재빨랐다. 생각보다 먼저 발이 나갔다. 말보다 먼저 주먹이 날아갔다. 치타 못지않게 날랜 동작으로 이타루를 잡아 그 머리통을 힘껏 후려쳤다.

"으아아악"

이타루의 웃음이 비명으로 바뀌었다.

겁먹은 표정으로 뒷걸음질 치는 이타루를 리오는 악착같이 쫓아갔다.

"리오, 그러지 마!"

"다키가와 리오! 스톱!"

아리스와 후지타 선생님의 목소리는 이제 들리지도 않았다. 도망칠 때만은 빠른 이타루를 리오는 정신없이 뒤쫓았다. 그냥 두지 않겠어. 절대로 용서하지 않겠다고 마음속으로 외쳤더니 눈물이 고여 눈앞이 뿌옇게 흐려졌다.

난 아리스가 소중해.

누구보다 소중해. 아마 히로보다 더.

간신히 만난 1001번째 아이.

맞아, 그래. 이렇게 생각하면서 리오는 산꼭대기까지라도 달려 올라갈 기세로 바람을 갈랐다.

6.
산신령이 없는 산

아리스

불이 붙은 숯에서 피어나는 연기에 반합[6]에서 새어 나오는 달콤한 냄새가 섞였다. 불길을 약하게 하려고 숯을 빼낸 다음 5분 더 데운다.

"다 익었을까?"

"응. 됐을 거야."

아리스와 리오는 각자 반합 손잡이를 잡고 부뚜막에서 내렸다. 그리고 얼른 뒤집어 뚜껑이 아래로 가도록 콘크

---

6) 직접 밥을 지을 수 있는, 알루미늄으로 만든 밥그릇. 주로 군인이나 등산객들이 쓴다.

리트 바닥에 내려놓았다. 반합 두 개 모두 이제 10분에서 15분쯤 뜸만 들이면 된다.

"그런데……."

반합 앞에 쭈그리고 앉아 뜸이 다 들 때까지는 열면 안 된다는 뚜껑을 열어 보고 싶은 유혹과 싸우던 아리스에게 리오가 불쑥 물었다.

"고백, 언제 할 거야?"

아리스는 반합에서 시선을 들어 리오를 바라보았다.

좋아하는 남자애에게 고백하겠다. 아리스는 분명히 몇 시간 전에 이렇게 선언했다. 리오의 반응이 미지근해서 이성 이야기에는 관심이 없는 줄 알았는데 아무래도 그렇지는 않은 모양이다.

"사실은……."

리오의 강렬한 눈빛에 아리스는 움츠러드는 목소리로 대답했다.

"오늘 밤 캠프파이어 때…… 하려고 생각했는데."

"아―, 운이 없네."

운이 없다. 속으로 고개를 끄덕이면서 아리스는 취사

장 지붕에 부딪혔다가 땅바닥으로 흘러내리는 비를 바라보았다. 멀리 보이는 산의 능선도 지금은 내리는 빗방울의 장막에 가려 보이지 않는다.

야쓰가타케에 도착하자마자 버스에서 내리다 굴러떨어졌다. 그때부터 이미 운이 나쁘다고 생각했다. 숙소에서 선생님들 이야기를 들은 뒤 아름다운 숲으로 이동해 도시락을 먹고 자연 관찰을 했다. 그런데 이때부터 날이 꾸물거리더니 숙소로 돌아왔을 때는 굵은 빗방울이 떨어졌다. 캠프파이어는 취소되었고 숙소 뒤에 있는 취사장에서 야외 식사를 하게 되었다.

"왠지 자신이 없어졌어."

아리스는 다친 무릎을 문지르면서 힘없는 목소리로 말했다. 도쿄보다 시원하다고는 해도 아궁이에서 나오는 뜨거운 기운 때문에 땀이 났다.

"여기 산신령님이 날 미워하나 봐."

"그런 소리 말고 기운 내. 내가 도와줄 테니까."

"뭐?"

"널 도울 거야. 그러기로 결심했어."

리오가 아주 진지한 눈빛으로 말하는 바람에 아리스는 마음이 찡했다.

"고마워. 네가 고백할 땐 나도 널 도와줄게."

"난 전혀. 그런 거, 아직……. 아, 밥 뜸 다 들지 않았을까?"

"아직 3분쯤 더 있어야 해."

"좀 더 기다려야겠네."

둘이서 반합을 지켜보는데 옆 아궁이에서 밥을 짓던 미나와 유우카가 '얘, 얘' 하고 부르며 이쪽으로 다가왔다.

"리오, 여기는 밥 잘 되니?"

"응, 아마도. 열어 보기 전에는 모르지만."

"우리 반합은 아주 이상한 냄새가 나는데. 뚜껑을 열어 보기 진짜 겁이 나."

"왜?"

"화력이 너무 세서. 유우카가 재미있다면서 부채질을 마구 해 댔거든."

"아니야, 미나."

큰 목소리로 떠드는 미나와 유우카는 마치 멋쟁이 쌍

둥이처럼 둘 다 패션에 신경을 썼다. 노란 셔츠에 짧은 청치마. 포니테일 머리를 노란색 머리끈으로 묶었다. 늘 입던 세일러복보다 훨씬 멋져 보인다.

"애, 리오. 뜸은 얼마나 들여야 하니?"

"10분에서 15분. 뚜껑을 아래로 가게 했어?"

"뭐? 그건 왜?"

"선생님이 말씀하셨잖아."

"정말? 유우카, 얼른 뒤집자."

"이미 늦었어."

"포기할 순 없지!"

끝까지 아리스 쪽으로는 눈길도 주지 않은 두 사람은 자기들 아궁이 쪽으로 돌아갔다. 늘 그렇지만 아리스는 자기가 또 투명인간 취급을 받은 기분이 들었다. 통증이 무릎에서 가슴 쪽으로 옮겨 갔다.

"신경 쓰지 마."

속삭이는 목소리에 돌아보니 진지한 눈빛을 한 리오였다.

"저것들 마음이 삐뚤어졌어. 네가 예쁘고 인기 있어

서."

대꾸할 말을 찾지 못한 아리스는 시선을 떨구었다. 별다른 이유도 없이 여자애들에게 미움을 받는 일이 처음은 아니지만 그 애들 마음이 삐뚤어진 것인지 내가 차별당하는 건지는 알 수 없었다.

아리스는 백 퍼센트 일본인이 아니다. 일본에서 태어나 일본에서 자랐지만 아빠는 태국 사람이다. 사람들이 모두 밝게 웃는 아빠의 나라를 좋아하는 아리스도 그저 다른 나라 사람의 피가 흐른다는 이유만으로 일본 사람들이 특별한 시선을 보내는 게 지긋지긋했다.

철이 들 무렵부터 그랬다. 얼굴이 다른 일본인과 그리 다르지 않은데 혼혈이라는 이유만으로 짓궂게 굴거나 호기심 어린 눈으로 보기도 한다. 어느 쪽이건 아리스는 짜증 나고 무섭기도 했다. 못살게 구는 아이들 눈에 띄지 않도록 아리스는 늘 가슴을 졸이며 살아왔다.

그런데 중학교에 올라와 완전히 바뀌었다. 리오 덕분이다.

남이야 뭐라고 하건 자기 기준에 따라 행동하는 리오

는 아리스가 혼혈이라는 사실을 전혀 신경 쓰지 않았다. 가끔 혼혈이라는 것을 잊고 있는 게 아닐까 하는 생각이 들 만큼.

리오와 함께 있으면 아리스도 덩달아 자유로워지는 기분이 들었다. 주변 사람들이 두려워 안으로만 숨고, 움츠렸던 나날이 어처구니없게 느껴졌다. 리오에게 영향을 받아서인지 1학년 A반 아이들은 다들 아빠 국적에 신경을 쓰는 것 같지 않았다. 소타가 '똠양꿍 먹게 해 줘'라고 장난을 걸어도 바로 리오가 물리쳐 주었다.

"리오."

맞아. 내겐 리오가 있어. 미나 같은 애들은 아무 상관 없어. 좋아하는 남자아이가 나를 싫다고 해도 리오만 있으면 틀림없이 다시 일어설 수 있다.

"자신은 없지만 최선을 다해 볼 거야."

"응?"

"고백. 내일도 시간이 있으니까."

"아…… 그래."

"모처럼 합숙인데 고백하지 않고 돌아간 뒤에 후회하

고 싶지 않아."

"응."

"신페이가 혼자 있으면 그때를 노려 말을 걸어 볼 거야."

"……."

응, 응 하며 고개를 끄덕이던 리오가 동작을 멈췄다.

"뭐?"

화들짝 놀란 듯 바라보는 그 눈은 흰자위가 유난히 커보였다. 평소보다 세 배쯤 될 듯했다.

"신페이?"

"그래, 맞아. 리오, 너 눈치채지 못했던 거야?"

"신페이……. 신페이……."

멍하니 중얼거리는 리오의 관자놀이에서 땀 한 방울이 또르르 흘러내렸다. 그 땀방울이 목덜미에 이르렀을 때였다.

"뭐야? 신페이?"

리오는 버럭 소리를 지르며 뒤를 획 돌아보았다.

건너편 아궁이에서 큰 냄비와 씨름하는 카레 담당 십여

명. 역시 불을 제대로 다루지 못해 애를 먹는지 여자애들이 타지 않도록 기를 쓰고 주걱을 젓고 있는데 남자애들은 그 옆에서 심심하다는 듯 빈둥거렸다.

신페이만 혼자서 양파 두 개를 티셔츠 가슴에 대고 '젖가슴이야, 젖가슴' 하며 까불었다.

어째서 신페이지?

걔가 어디가 좋아?

언제 좋아하게 된 거야?

아리스에게 질문을 퍼붓는 리오의 기세는 정말 대단했다. 마구 쏟아 냈다는 표현 말고는 달리 설명할 길이 없었다. 겨우 다 만든 카레를 입으로 가져갈 새도 없을 만큼 리오는 무섭게 대답을 재촉했다.

아리스도 바라던 바였다. 지금까지 가슴속에 숨겨 온 사랑 이야기를 누군가에게 털어놓고 싶어 견딜 수 없었다.

"리오, 너 깜짝 놀란 모양이구나. 난 교실에서 늘 신페이만 바라보고 있었어. 그래서 너한테는 틀림없이 들킬 거라고 생각했는데."

"아니……, 그게 신페이일 줄은 몰랐지."

"왜? 신페이는 성격이 밝고 재미있고 인기도 많잖아."

"그렇지만 개그맨 타입이잖아. 여자애들이 좋아할 만
한 애가 아니지."

"나도 처음에는 그렇게 생각했는데, 그래도……."

"그래도?"

"이런 걸 운명이라고 해야겠지."

5월 어느 날, 집 근처에서 강아지를 산책시키다가 우
연히 신페이와 마주쳤다. '이름이 뭐지?' 신페이가 묻기
에 '아리스'라고 대답했다. 그러자 신페이는 '네 이름은
알아. 하마쿠라 아리스잖아' 하며 쏘아붙였다. 강아지 이
름을 묻는 거라는 걸 깨달은 아리스가 '허크'라고 알려
주자 '모험을 좋아하나?' 하며 웃었다. 그리고 견종을 묻
기에 '잡종'이라고 하니 '믹스견은 머리가 좋지'라며 허
크의 귀 뒤를 쓰다듬어 주었다. 그때 신페이의 눈빛이 참
으로 부드러웠다. 학교 밖에서 본 신페이는 개그맨이 영
화배우 일을 할 때처럼 여느 때와는 달랐다. 그 뒤로 신

페이 생각이 머릿속에서 떠나지 않게 되었다…….

기껏해야 길에서 2, 3분 나눈 이야기. 하지만 아리스는 그때 세 가지를 발견했다.

첫째, 신페이는 아리스의 성과 이름을 정확하게 알고 있었다.

둘째, 신페이는 허크의 이름을 어디서(마크 트웨인의《허클베리 핀의 모험》) 따왔는지 알고 있었다.

셋째, 신페이는 믹스견인 허크를 칭찬해 주었다.

세 가지 모두 아리스에게는 중요한 발견이었다.

"그렇지만 신페이는 교실에선 늘 소타 같은 애들과 어울리고 방과 후에는 축구만 하잖아. 이야기 나눌 기회가 전혀 없었어. 단둘이 이야기한 건 그때가 처음이었지."

"그래? 하긴 신페이는 까불거리지만 의외로 수줍어하는 편이랄까, 낯을 가리니까."

"응. 그런데 우연히 길에서 만났을 때 아주 자연스럽게 이야기를 나누었거든. 그래서 신페이는 뭐랄까, 교실보다 밖에 있을 때 더 편한 것 같다는 생각이 들어서."

"흠. 그래서 합숙 중에 고백하기로?"

"이젠 견딜 수가 없어. 내 가슴이 마구 부풀어 올라 이 대로 있다간 펑 터지고 말 것만 같아."

어둠이 내려앉은 취사장. 비가 들이치지 않는 구석 쪽 에서 무릎을 껴안고 쭈그리고 앉은 아리스와 리오는 둘 만의 비밀 이야기에 빠져들었다.

다른 아이들과 떨어져 앉아 둘이 나누는 이야기는 다 행히 다른 애들에겐 들리지 않을 만큼 모두 모인 야외 식 당은 시끌시끌했다. 좁은 지붕 아래 A반과 B반이 다 들 어와 있어 여기저기서 웃음소리와 떠드는 소리, 음정도 맞지 않는 노랫소리가 들려왔다. 비가 내려도, 캠프파이 어가 없어도 역시 여행이라 제법 들뜬 분위기였다.

카레는 좀 묽었지만 A반의 커다란 냄비는 바로 비었 다. 몇몇 남자애들이 많이 먹기 시합을 했기 때문이다. 분위기를 탄 남자애들은 계속 더 달라고 하더니 밥이 떨 어졌는데도 카레만 계속 먹었다. 우승은 여섯 그릇이나 먹은 타보. 신페이는 애를 썼지만 다섯 그릇에 그쳐 준우 승을 차지했다.

물론 이런 이야기는 식사를 한 다음에 설거지를 마치

고 숙소로 돌아온 뒤 아리스, 리오와 함께 같은 방을 쓰게 된 치즈루, 시호린, 레이미에게 들었다.

신페이를 좋아한다는 이야기를 하느라 정신이 팔렸던 아리스는 그 모습을 보지 못했다.

"많이 먹기 시합을 하는데 B반 담임이 한 차례 말리러 왔거든. 먹기 시합은 교육상 좋지 않다, 음식을 함부로 여기지 말라 하면서. 그런데 후지타 선생님이 이렇게 말했어. '보다시피 카레도 아직 남아 있고 합숙 중이니 조금 기분을 내도 괜찮죠'라고. 우리 담임 다시 봤어."

다섯 평쯤 되는 일본식 방에 깐 이부자리 위에서 이런 이야기도 들었다.

"B반 담임은 짜증이 난 거야. 자기들 카레는 탔거든."

"어머, 그래?"

"그렇다니까. 아리스, 너 몰랐니? 잔뜩 남았어, B반 카레. 그게 더 음식을 함부로 여기는 거 아닌가?"

"맞아. 그런데 우리가 카레 만드느라 고생하는 걸 보면서도 남자애들이 전혀 도와주지 않았어. 특히 이타루하고 그……."

"류야."

"그래, 맞아. 류야는 거들 생각이 완전 제로였어. 구석에서 영어 단어장만 뒤적였지. 그걸 보고 신야가 화를 냈다니까."

아리스는 호흡이 척척 맞는 세 사람의 이야기를 들으며 다들 남자애들에게 신경 쓰는구나, 하는 생각을 했다. 치즈루와 시호린, 레이미는 교실에서도 친하게 지내는 3인조인데 역시 이성 이야기가 싫지 않은 모양이다.

"남자애들 가운데는 히로가 최고지. 류야는 상대도 안돼."

기분파인 리오도 이날은 분위기를 타서 다섯 명이 이마를 맞대고 남자 이야기에 정신이 팔렸다. 그때 '똑똑' 하고 노크 소리가 들렸다.

"불 끌 시간 지났어. 이제 그만 자."

못마땅한 표정으로 얼굴을 들이민 것은 생활위원 구보 유카였다.

"다른 방에 민폐야."

"시끄럽게 떠들지 않았어. 작은 목소리로 이야기했는

데."

리오가 대꾸했지만 '규칙은 규칙'이라며 딱 잘라 말했
다.

"유카는 교복을 입으나 사복을 입으나 변함이 없네."

"잠옷을 입어도 마찬가지야."

흥이 깨진 다섯 명은 불을 끄고 이불 속으로 들어갔다.
서로 '잘 자'라는 인사를 나눈 뒤에도 아리스는 흥분이
가라앉지 않았다.

"리오, 자니?"

"아니."

"하나 물어보고 싶은 게 있는데……."

"뭐?"

"신페이 말이야, 혈액형이 뭘까?"

"글쎄. B형 아닐까?"

"뜻밖에 A형일지도 모르지."

"흐음."

"제멋대로인 걸 보면 B형 같은데 낯을 가리는 걸 보면
A형 같지 않아?"

"그런가?"

"그런데 형제는 있을까? 신페이 몇 형제 가운데 몇째일 것 같니?"

아무리 이야기를 해도 하고 싶은 이야기가 너무 많다. 좋아하는 남자애 이야기를 한다는 건 왜 이리 즐거울까.

자꾸 하품하기 시작한 리오의 이불을 흔들며 아리스는 계속 신페이 이야기를 했다.

"신페이가……."

"신페이는……."

"신페이가 말이야……."

나중에 아리스는 이날 밤을 돌아보며 '왠지 그때가 피크였던 것 같아'라며 허공을 바라보게 된다.

더 커진 빗소리를 들으며 잠에서 깼다.

잠이 모자라 몸이 나른했다. 머릿속이 멍했다.

날씨가 좋지 않기 때문인지 커튼 너머로 보이는 창밖이 밝지 않았다. 요란한 빗소리에 섞여 복도에서는 아이들이 떠드는 목소리와 발소리가 들려왔다. B반 담임 선생님이 야단치는 소리도 섞였다. 다들 벌써 일어난 모양이다.

벽시계를 보니 7시 10분. 아침 식사까지 20분 남았다. 마음은 급한데 몸이 움직이질 않는다.

치즈루와 다른 애들은 세면장에 갔는지 그 애들이 잤던 이부자리에는 이미 아무도 없었고, 그 가운데 한 곳에는 흰색 쥐 인형이 놓여 있었다.

"잘 잤어, 슈마흐?"

아리스가 인형에게 속삭일 때, 이불을 덮고 큰 대자로 곯아떨어졌던 리오가 화들짝 놀라며 눈을 떴다.

"너 때문에 이상한 꿈 꿨어."

"뭐?"

"신페이가 꿈에 나왔어, 우엑."

잠이 모자라서인지 리오는 어제와 달리 기분이 좋지 않아 보였다. 일어나 움직일 준비를 하는 동안에도, 이불을 개면서도 '우엑'스러운 꿈이 머릿속에서 지워지지 않는 듯 무뚝뚝한 표정으로 말이 없었다.

아침 식사를 하면서도 계속 그런 상태였지만 원래 감

정의 기복이 심한 리오라서 아리스는 그리 마음에 두지 않았다. 아니, 그보다 더 신경 쓰이는 문제가 있었다.

A반과 B반이 한자리에 만나는 식당에서 어찌 된 일인지 신페이가 보이지 않았다. 후지타 선생님도 모습을 볼 수 없었다. 그리고 유우카가 훌쩍훌쩍 울고 있었다.

"얘, 얘. 너 들었어?"

테이블 옆으로 쪼르르 다가온 히나코가 아리스의 귀에 대고 속삭였다.

"어젯밤에 말이야, 유우카가 히로를 밖으로 불러내 고백했대."

"뭐?"

"그런데 히로가 거절했다는 거야. 히로는 자기가 반장인 동안은 누구도 특별하게 대하고 싶지 않다면서. 진심일까?"

그 목소리가 들렸는지, 아리스 옆에 있던 리오가 젓가락질을 딱 멈췄다. 아리스도 무심코 밥공기를 내려놓고 괜히 물을 마셨다.

유우카가 히로에게 차였다. 아무리 자기를 무시하는

여자애 일이라도 기분이 좋지는 않았다. 아리스도 어제 신페이에게 고백했다면 지금쯤 울고 있을지도 모를 일이다. 유우카가 아리스보다 용기가 있었을 뿐이다.

"게다가 어제 말이야."

마음이 복잡해진 아리스에게 히나코는 더 놀라운 사실을 이야기했다.

"신페이가 급성 위장염으로 병원에 실려 갔대."

"……뭐?"

어찌 된 영문인지 몰라 아리스가 긴 속눈썹을 깜빡이는 바로 그때 후지타 선생님이 식당으로 들어왔다.

"선생님, 신페이는 어때요?"

"괜찮아. 많이 좋아졌다. 별일 없어."

"역시 너무 많이 먹어서 그런 건가요?"

"그렇지. 그리고 매운 걸 많이 먹어서. 한꺼번에 잔뜩 먹으니 위가 깜짝 놀란 거지."

소타와 후지타 선생님이 나누는 대화를 들으면서도 아리스는 어찌 된 일인지 짐작할 수가 없었다. 급성 위장염? 병원?

"이렇게 말하기는 좀 미안하지만 그 녀석은 이미 회복해서 팔팔해. 다들 걱정할 일 없어. 의사 선생님도 문제없을 거라고 했으니까."

아리스나 리오보다 더 잠이 부족해 눈이 빨개진 선생님 말에 아리스는 그제야 잔뜩 굳었던 몸에서 힘이 쭉 빠졌다. 하지만 선생님이 바로 이어 한 말에 도로 얼어붙고 말았다.

"그렇지만 혹시 몰라서 신페이는 급히 달려온 어머니 차를 타고 먼저 도쿄로 돌아갔단다."

원수처럼 줄곧 내리던 비가 갠 것은 그날 오후 아리스와 리오가 숙소에서 돌아갈 준비를 하고 있을 때였다.

원래 예정되었던 트래킹을 취소하고 대신 끼워 넣은 초목 염색 실습을 하는 동안에도, 점심때 먹을 수제비를 준비하는 동안에도, 그리고 그 수제비를 먹는 동안에도 끈질기게 들려오던 빗소리가 야쓰가타케를 떠나려는 순간 딱 그쳤다.

게다가 숙소에 작별을 고하며 올려다본 하늘에는 일곱

빛깔 무지개가 떠올랐다. 조금 전까지만 해도 무겁게 내려앉았던 먹구름은 녹은 듯 사라졌다. 비에 씻긴 산의 나무들은 기분 나쁠 만큼 푸르고 아름다웠다.

"해님, 이제 와서 쨍쨍 내리쬐면 뭐해!"

"무지개 띄워 준다고 고마워할 거라고 생각하지 마."

다들 투덜거리면서도 무지개 사진을 찍는데 아리스는 아침부터 내내 그랬듯 무표정한 채로 시간이 흐르기만 기다렸다.

어서 여기를 떠나고 싶다. 구름이 흐르듯, 해가 지듯 나도 집으로 돌아가고 싶다. 혼자 침대에 누워 울고 싶다. 머릿속에 떠오르는 생각은 그것뿐이었다.

"아리스. 신페이는 죽은 게 아니라니까."

"그래."

"도쿄에 돌아간 뒤에도 언제든 고백할 수 있단 말이야."

"응."

리오의 말에 고개를 끄덕이면서도 아리스는 도쿄로 돌아가면 자기가 신페이에게 고백할 거라고는 생각하지 않왔다.

어제까지만 해도 가슴을 가득 채웠던 무엇인가가, 당장 전하지 않으면 터져 버릴 것처럼 잔뜩 부풀어 올랐던 마음이 사라지고 말았다. 신페이가 없기 때문에 맥이 빠진 걸까. 아니면 신페이에게 이야기하기 전에 리오에게 모두 털어놓았기 때문일까. 아리스는 텅 빈 페트병처럼 허전한 마음으로 버스에 올랐다.

신페이가 없이 돌아가는 버스 안은 더 조용했다. 후지타 선생님은 기운이 없어 보였고 유우카도 아직 눈가가 촉촉했다.

운전석에는 어제와 마찬가지로 콧수염을 기른 운전기사, 단 하루 사이에 많은 것이 변했는데 운전기사만은 어제와 조금도 달라진 모습 없이 운전대를 잡고 있었다.

창밖을 스쳐 지나가는 풍경은 어제와 반대 방향으로 흘러갔다.

하룻밤 묵은 숙소가 멀어진다. 길게 이어진 산들이 멀어진다. 나무와 푸른 빛깔들이 멀어진다.

흘러간다. 흘러간다. 흘러간다.

안녕히 계세요, 그 어디에도 없었던 야쓰가타케의 산 신령님.

목소리가 나지 않도록 중얼거리던 그때 누가 뒤에서 어깨를 콕콕 찔렀다.

응? 뒤를 돌아본 아리스에게 사탕 한 알을 내민 사람 은 어제 한방에서 잔 시호린이었다.

"자, 아리스."

"아."

"응?"

"아, 아니. 고마워."

어제까지만 해도 아리스와 서먹서먹하던 시호린이 친 근하게 말을 걸어 주었다.

달콤한 향기가 나는 분홍색 알사탕을 입안에 굴리며 아리스는 비로소 이날 처음 희미하게 미소를 지었다.

7.

P의 습격

류야

"처음 뵙겠습니다. 담임인 후지타입니다. 아, 앉으시죠."

첫 삼자대면. 요시다 류야와 그의 어머니를 맞이한 후지타 선생은 환한 미소를 지었다.

하기야 당연한 노릇이다. 요시다는 공부도 열심히 하고 성적도 좋다. 생활 태도도 성실하고 수업을 방해하거나 청소를 빼먹지도 않는다. 담임으로서는 면담하기 편한 학생이다. 그런데—.

창가 자리에 류야가 어머니와 나란히 앉자마자 후지타

선생의 얼굴에서는 미소가 사라졌다.

"날도 더운데 오시라고 해서 미안합니다. 요시다 학생……, 요시다 류지 학생은……."

틀렸다.

"죄송합니다. 류타 학생은……."

이번에도 틀렸다.

세 번씩이나 실수할 수는 없다. 여유를 잃은 후지타 선생은 손에 든 자료를 흘끔 보았다.

"류야 학생은 아주 성실해서 수업도 열심히 듣습니다. 다른 아이들과 휩쓸리지 않고 자기 갈 길을 가는 장점도 있으니 진로에 관해서는 현재 걱정하실 일이 없습니다."

두 차례 실수를 만회하려는지 여느 때보다 목소리에 더 힘이 들어갔다.

류야는 '그런 건 중요한 문제가 아닌데'라고 생각했다. 이름을 까먹는 거야 특별한 문제가 아니다. 중학생이 된지 3개월. 같은 반에는 '요시다 류야'의 이름은 물론 성도 모르는 녀석까지 있다.

기껏해야 스물네 명인 교실 안에서 그 지경이라는 건

그만큼 존재감이 희미하기 때문이다. 류야는 그런 사실을 냉정하게 받아들이고 '아무 상관없다'고 애써 위안을 얻으려고 했다. 기껏해야 공립중학교에서 인기가 있어 봤자 뭐하나?

학생기록부에 '존재감'이란 항목이 있는 것도 아니고. 류야는 블라우스를 입은 담임의 봉긋 솟아올라 존재감이 느껴지는 가슴을 바라보며 그런 생각을 했다.

"선생님, 말씀이야 고맙지만 저희는 그리 낙관만 하고 있을 수 없다고나 할까요? 아니, 오히려 이 학교에서 늘 상위권에 속하게 되면 얘가 알게 모르게 자만하게 되어 더 노력해야 한다는 걸 까먹지나 않을까, 그게 염려스럽습니다."

류야의 어머니는 아들 이름이 잘못 불린 일쯤은 아랑곳하지 않고 평소 그렇듯 일방적으로 쏟아 내기 시작했다.

"선생님께서도 아시겠지만, 아, 모르시려나? 애는 원래 지금쯤 세이에이학원 중학교에 다녀야 하는 건데. 학원 선생님도 백 퍼센트 합격을 보증한다고 하셨죠. 에휴, 그런데 어쩌다 입시 치르는 날 열이 심하게 나서⋯⋯. 그

동안 고생한 게 물거품이 되고 마니 눈물이 나더군요. 정말로."

맞장구를 칠 틈도 없이 성난 파도처럼 쏟아 내는 말에 기가 눌려 후지타 선생의 표정이 굳어졌다. 그 바람에 봉긋했던 가슴이 작아진 것처럼 느껴졌다.

"세상 앞일 모를 일이죠. 아무리 건강관리를 철저히 해도 사람은 감기가 걸릴 땐 걸리더군요. 그래서 애 아버지는 고등학교는 입시를 치르지 않고 반드시 추천을 받아 진학해야 한다고 합니다. 그렇지만 선생님, 전 거꾸로 생각해요. 중학교 입시 때 주춤했다고 해서 고교 입시를 피하겠다는 건 너무 비겁하달까요? 인생에서 뒷걸음질 치는 게 아닌지. 뭐 남편은 원래 그런 양반이지만 아들 미래를 그렇게 비관적으로 생각할 것까진 없을 텐데. 안 그런가요?"

굳이 표현하자면 '뒤엉킨 고무줄'이라고나 해야 할 도통 뭔지 모를 무늬가 있는 원피스를 걸친 어머니의 가슴께를 류야는 멍하니 바라보았다.

여자에겐 있고 남자에겐 없는 것. 요즘 여자 가슴에 너무 신경이 쓰인다.

어머니는 가슴이 크다. 중량감이 느껴진다. 하지만 후지타 선생님처럼 봉긋하고 앞으로 많이 솟아 나오지 않았다. 같은 여자이고 같은 가슴인데 왜 이렇게 모양이 다른 걸까?

"어떻게 생각하세요, 선생님? 일반 입시를 피해 추천을 받아 고등학교에 들어가면 중학교 입시 때 맛본 좌절을 극복하지 못한 채 대학 입시를 맞이하게 될 텐데. 전 오히려 그게 걱정스럽네요. 어쨌든 인생에서 대학 입시는 아주 중요한 고비잖아요?"

혼자 떠들고 혼자 고개를 끄덕이는 어머니 가슴에서 다시 후지타 선생의 가슴으로 시선을 돌렸다. 너무 빤히 보면 이상하게 여길까 봐 한 번에 3초 이상은 보지 않는다. 수업 중에도 이 3초 규칙은 반드시 지키는데 요즘엔 보기만 하는 것으로는 부족한 느낌이 들었다.

진짜 만져 보고 싶다.

여러 가지 따지지 않겠다. 누구 가슴이건 상관없다.

중학교에 들어온 뒤부터라고는 하지만 류야의 머릿속

에서는 그런 욕망이 빠르게 자라나고 있다.

"그리고 부끄러운 이야깁니다만 실은 올봄에 사정이 있어서 남편이 직장을 그만두었습니다. 예, 나이가 있어서 재취업도 쉽지 않아 솔직히 경제적으로도 빠듯하네요. 가능하다면 우리 애가 도립이나 국립고등학교로 진학했으면 해서요. 예예, 류야도 이건 이해할 겁니다."

하지만 실제로 여자 가슴을 만지기가 그리 쉬운 일이 아니라는 사실을 류야는 너무 잘 안다. 현실적으로, 객관적으로 생각할수록 그 길은 멀고 험하다. 기말고사에서 올백을 받기보다 더 힘들다.

무엇보다 여자 친구를 먼저 만들어야 한다. 하지만 여기서 바로 벽에 부딪힌다.

류야는 여자애들에게 인기가 없다.

"예, 예. 알고 있습니다. 아직 중학교 1학년 여름이고 시간은 충분하겠죠. 하지만 선생님, 제가 조바심을 내는 게 아니라 류야 스스로도 요즘 갑자기 진로 문제를 진지하게 생각하기 시작한 모양이에요. 예, 물론 자발적으로요. 역시 중학생이 되니 아이들도 나름대로 생각하는 거겠죠. 자기 앞날에 대해서."

성실한 공부벌레들이 여자애들에게 인기가 없다는 건 학교를 무대로 한 어떤 드라마를 보더라도 쉽게 알 수 있다. 안경을 벗었더니 쌍꺼풀이 나타난다는 드라마 같은 반전은 기대할 수 없다. 류야는 아버지를 닮아 눈과 눈 사이가 벌어진 데다가 어머니를 닮아 눈과 눈썹 사이 간격이 넓다. 많이 맹해 보이는 얼굴이다.

게다가 차마 눈 뜨고 볼 수 없을 만큼 말주변이 없어서 여학생은커녕 남자애들하고도 변변히 이야기를 나누지 못한다. 이런 상태라면 평생 여자 친구는 생기지 않을 거다—라고 포기하기는 아직 이르다. 적어도 류야는 아직 포기하지 않았다.

세상을 통계로 보면 남자가 얼굴이나 말재주만으로 여성의 선택을 받는 것은 젊었을 때뿐이다. 나이를 먹을수록 여자들은 남자의 학벌이나 경제력, 포용력을 중요하게 여긴다. 실제로 길거리에 나가 보면 류야보다 훨씬 못생긴 남자들이 애인이나 부인과 함께 돌아다닌다.

바로 그런 이유 때문에 류야는 일단 남보다 더 나은 학벌을 갖춰야겠다고 생각했다. 좋은 대학만 나오면 경제력과 포용력은 뒤따라올 것이다.

거꾸로 이야기하면 평생 가슴 한 번 만지지 못하고 죽는 비극을 피하기 위해서는 어떻게 해서든 좋은 대학을 나와야 한다.

"아, 저도 깜짝 놀랐죠. 설마 우리 애가 진지하게 도쿄대에 가겠다고 하다니. 그야말로 화들짝 놀랐어요. 뭐, 그 아버지에 그 아들이라는 말도 있잖아요? 예, 왠지 분수 넘치는 소리 아닌가 하는 생각도 들기는 하지만 그래도 의욕적으로 해 보겠다고 하고, 노력파인 아버지의 아들이기도 해서. 역시 부모로서는 할 수 있는 만큼은 지원해 주고 싶어요. ……예, 제가 남편 몫까지 일해서 학원에도 보내고 있습니다. 일주일에 한 번이지만요. 물론 애도 우리 집 형편이 빠듯하다는 건 잘 알죠. 대학을 졸업하면 바로 어머니에게 효도하겠다면서 저를 울리더군요. 맞아요, 이래 봬도 엄마 생각을 꽤 해 주는 애라서."

요즘 세상에 어지간한 학벌로는 취직에 도움이 된다는 보증이 없다. 류야는 그런 면에서 도쿄대학이라면 일단 마음을 놓을 수 있다고 생각했다.

모르는 사람이 없는 최고의 대학. 노력을 거듭해 그 문을 들어서기만 하면 가만히 있어도 가슴을 만질 기회가 저절로 생길 것이다.

"이제 남편에게만 기댈 수는 없는 처지라 정말 우리는 아들만이 희망이에요. 선생님은 독신이라고 하던데 정말 서둘러 결혼할 게 아니에요. 자식은 만들어서 손해가 없지만 남편은 나이가 들수록 짐이 되죠. 마코토와 걔네 엄마 같은 경우에는 예전엔 이러니저러니 말이 많았을 테지만 지금은 다들 부러워하죠. 남편에 얽매이지 않고 열심히 일하고 자식도 똑똑해서 장래도 밝고. 행복한 거죠, 요즘 시각으로 보면."

노력으로 얻어지지 않는 것은 없다. 이게 류야의 신념이고 살아가는 희망이기도 했다. 6년 뒤에 나는 반드시 도쿄대에 입학할 것이다. 그리고 그토록 열망하던 여자 친구를 사귈 것이다.

학교 간판을 보고 날 선택한 여자. 설사 그게 사랑이라고 부를 만한 것이 아니라고 하더라도 그 여자는 물론이고 그 여자의 가슴도 소중하게 여길 작정이다.

졸업하면 그 여자 친구와 결혼할 것이다. 아이도 낳고. 그다음부터는 미래가 또렷하게 그려지지 않는다. 하지만 적어도 아버지처럼 되지는 않겠다고 다짐한다. 부모님이 다툴 때마다 이런 생각을 했다. 아마 부부란 어느 한쪽이 양보하지 않으면 도저히 이루어질 수 없는 관계인 모양이니 될 수 있으면 내가 양보하려고 노력해야겠구나 하고.

경제력을 유지하는 일도 중요하다. 평일에는 열심히 일하고 휴일에는 될 수 있으면 아이와 놀아 주고 싶다. 아내가 하는 집안일도 나누어 하고 싶다. 지친 표정을 지으면 위로해 주고 싶다. 어쨌든 내게 가슴을 만질 수 있게 해 준 사람이니까.

"선생님……, 진짜 선생님께만 드리는 말씀인데요. 사실 중학교 입시 직전에 감기를 류야에게 옮긴 사람은 남편이에요."

가령 아내가 내게 쌀쌀맞게 굴어도 나는 상냥하게 대해 주고 싶다. 아내가 매일 투덜거린다 해도 '닥쳐'라는 막말은 절대로 하지 않을 것이다. 가령 아내가 나를 사랑해 주지 않는다고 해도 나는 아내를 사랑하려고 계속 노력할 것이다.

하지만, 만약에—.

만약에, 만에 하나, 그런 노력을 하지 않아도 사이좋게 지낼 수 있다면.

아내가 내 학력과 경제력 말고 다른 부분도 좋아해 준다면.

그 얼마나 행복한 인생일까.

문득 희미한 매미 소리가 들렸다. 끝없이 수다를 떠는 어머니의 목소리가 점점 멀어지자 류야는 반사적으로 창밖으로 눈길을 돌렸다.

7월 하늘은 푸르다.

햇볕이 따갑다.

교정에 서 있는 나뭇잎이 눈부시다.

환하다. 류야는 안경 쓴 눈을 가늘게 떴다.

같은 교실인데도 류야가 앉은 복도 쪽 자리와 창가 자리는 밝기가 완전히 다르다. 마치 다른 계절인 것처럼,

마치 지구가 아닌 다른 별에 있는 것처럼.

창가에 앉는 녀석들, 늘 이런 곳에서 지냈던 거로구나.

류야의 이마에 주르륵 땀방울이 흘러내려 안경테에 닿았다. 창 너머로 운동장을 내려다보니 햇볕이 내리쬐는 운동장 위에서 수많은 그림자가 폴짝폴짝 움직이고 있었다.

단체로 운동장 둘레를 달리는 육상부.

흙투성이가 되어 공을 쫓아 달리는 축구부.

슬렁슬렁 캐치볼을 하는 야구부.

가만히 귀 기울이면 그들이 내는 소리와 매미 소리에 섞여 취주악부의 연주도 함께 들려온다. 커튼을 크게 흔드는 바람은 이 계절이 아니면 맡기 힘든 찐빵처럼 달콤한 향기를 머금었다.

여름이구나. 류야는 다시 눈을 가늘게 떴다.

"어머머, 전화가……."

어머니가 갑자기 휴대전화를 들고 자리에서 벌떡 일어섰다.

"죄송합니다, 선생님. 중요한 고객한테서 걸려 온 거

라 잠깐, 아주 잠깐만 실례하겠습니다."

어머니의 발소리가 복도로 사라지자 교실을 채우던 소음이 그쳤다.

동시에 창밖에서 나는 소리들이 더 또렷하게 교실로 쏟아져 들어왔다.

바람. 음악. 고함 소리. 파이팅, 파이팅, 파이팅―. 그 소리에 후지타 선생님의 목소리도 섞여 들렸다.

"류야, 너 수영부에 들어오지 않을래?"

처음에는 잘못 들은 줄 알았다. 머릿속에서 그 소리를 천천히 재생하고서야 역시 잘못 들은 게 아니라는 걸 깨닫고 류야는 '예?' 하며 두 눈을 껌뻑거렸다.

"수영부요?"

"내가 지도교사거든. 아까부터 내내 널 보면서 생각했어. 수영하기 좋은 어깨를 가지고 있다고."

책상에 팔꿈치를 짚으며 선생님이 얼굴을 쑥 디밀었다.

선생님도 어머니 이야기를 전혀 듣지 않았던 건가? 일단 그 사실에 놀랐고 류야는 비로소 담임의 얼굴을 가슴보다 더 빤히 바라보았다.

알맞게 탄 갈색 피부. 얼굴 전체에 주근깨가 깔려 있고 코끝도 타서 피부가 살짝 벗겨졌다.

"좋은…… 어깨요?"

"그래. 물을 시원하게 가르는 모습이 보이는 것 같아."

"제가요?"

"응. 1학년인 지금부터 시작하면 틀림없이 금방 늘 거야. 헤엄치는 거 재미있어."

그렇지만 어째서? 내가? 수영부?

류야를 혼란스럽게 한 것은 수수께끼 같은 충격이었다. 여태 아무런 관계도 인연도 없던 미지의 요소가 인생에 불쑥 끼어들었다. A와 B, C만으로 이루어지던 방정식. 그것만으로 해답을 찾고 있었는데 불쑥 정체를 알 수 없는 P가 끼어든 것이다.

갑작스러운 제안에 당황했지만 이때 류야의 머릿속에는 수영장에서 물을 가르는 자기 모습이 떠올랐다.

25미터짜리 레인을 시원하게 가르며 헤엄치는 '좋은 어깨'를 지닌 나.

풀 사이드에서는 여자 부원들이 보내는 응원 소리.

힘내라, 류야. 플레이, 플레이, 류야. 당연히 모두 수영복 차림으로—.

"일단."

허둥지둥 교실로 돌아오는 어머니의 발소리를 듣고 류야는 스스로도 믿어지지 않은 말을 하고 말았다.

"견학부터 해 봐도 돼요?"

"물론이지!"

물방울이 튀는 듯한 미소를 머금으며 후지타 선생님이 한쪽 손을 내밀었다. 잠깐 머뭇거린 뒤 류야도 천천히 손을 내밀었다. 어색한 악수. 살짝 땀이 밴 손바닥을 통해 전해 오는 힘과 열기가 다시 류야를 휘저었다. 왜 이렇게 심장 고동이 빨라지는 걸까.

하지만 이때까지만 해도 마음이 설레기 때문이라는 사실을 류야는 깨닫지 못했다.

8.
여름이 남긴 허물

리쿠

리쿠가 집 근처 공원에서 같은 반 여학생인 다마치 가호를 만난 때는 여름방학도 끝나갈 무렵이었다.

날이 너무 더워 사람도 거의 없는 공원 안, 그 안에서도 더 조용한 뒷문 부근에 있는 벤치에 앉아 가호는 스마트폰을 만지작거렸다. 아마 게임을 하는 모양이다.

화면이 어렴풋이 보이는 거리까지 다가가자 기척을 느낀 가호가 돌아보았다.

"어, 안녕?."

가호는 흐린 눈썹을 팔자로 만들며 스마트폰 만지던

손길을 멈추더니 어색하게 인사했다. 그 '서먹한 포즈'는 어렸을 때 술래잡기를 하다가 잡혔을 때와 똑같았다. 크림색 원피스를 입은 마른 체격도 예전 그대로였다.

그냥 지나치자. 리쿠는 그렇게 생각했다. 가호가 아마 그렇게 해 주기를 바랄 것이다.

그런데 가호의 흰 모자가 눈에 들어온 순간 그만 걸음이 멎었다.

모자챙에 달린 장식 같은 노란색. 리쿠의 시선은 거기 꽂혔다.

리쿠는 숨을 죽이고 가호 쪽으로 다가갔다. 한 걸음, 또 한 걸음. 조심스럽게 걸음을 옮겼다. 그리고 꼼짝도 않는 가호를 향해 가만히 오른손을 뻗었다.

"왜?"

"쉿."

"쉿?"

가호가 흠칫 놀라며 몸을 웅크리는 순간 리쿠는 얼른 손을 움직여 모자챙에 붙은 노란 점을 잡았다.

"이거 봐."

의아한 표정을 짓는 가호 눈앞에서 리쿠는 살짝 쥐었던 주먹을 펼쳤다.

그 안에는 작은 곤충이 있었다.

"뭐지?"

"노랑무당벌레."

다른 무당벌레처럼 빨갛지도 않고 등에 점도 없다. 하지만 이것도 무당벌레 가운데 한 종류라고 설명하자 가호는 리쿠의 손바닥 위를 들여다보았다.

"그래, 노란색이네. 예쁜 노란색."

"그렇지? 예쁘기도 하고 식물에 붙은 병균을 잡아먹으니 사람에게 이로운 곤충이지."

안 그래? 리쿠가 손바닥 위에 있는 곤충에게 말을 걸었다.

바로 그때 가만히 있던 노랑무당벌레가 날개를 파닥이며 휙 날아올랐다. 그리고 리쿠의 코끝을 스쳐 벤치 옆에 있는 나무로 날아갔다. 뜨겁게 내리쬐는 햇볕을 몇 억 분의 일쯤으로 뭉쳐 놓은 듯한 노란 점은 눈 깜빡할 사이에 초록색 나뭇잎 속으로 사라졌다.

바이바이. 잘 살아야 해.

마음속으로 그렇게 중얼거리는데 가호가 말을 걸었다.

"릿군, 너 지금도 곤충 좋아하는구나."

가호의 표정은 조금 전보다 훨씬 부드러워졌다.

리쿠는 기뻐서 미소 지으며 대꾸했다.

"지금도 좋아해."

"넌 곤충 박사였으니까."

"맞아. 곤충 좋아했어. 그렇지만 박사는 아니고."

"⋯⋯아직 중학생이니까."

가호가 5초쯤 뜸을 들이다가 이렇게 대꾸했을 때, 리쿠는 그게 무슨 의미인지 알 수 없었지만 '그렇지, 이제 중학생이지' 하는 생각이 들었다.

초등학교 4학년이 되기 전까지만 해도 가호는 리쿠와 가끔 밖에서 놀았다. 동네에서 친한 아이들이 모일 때면 가호도 대개 함께였다. 수수하고 말수가 적은 여자애였기 때문에 기억 속의 모습은 모두 흐릿하다. 누구 집이었는지 기억이 나지 않지만 가호가 피아노를 멋지게 치던 모습만은 기억에 또렷하게 남아 있다. 4학년이 되면서 자주 어울리는 친구들도 남자와 여자로 갈라지자 반이 다른 리쿠와 가호는 볼 일이 거의 없어졌다. 중학교에 들어와 가호가 같은 반이라는 사실을 알게 되었을 때도 별다른 느낌은 없었다.

그런데 가호가 기억하고 있다. '릿군'이란 별명도, 곤충을 좋아한다는 사실도.

"이 공원에 자주 오니?"

"아니, 가끔."

"난 거의 매일 오는데. 곤충 관찰하러."

"관찰?"

"여름방학 숙제 가운데 자유 연구가 있잖아. 이 공원은 곤충이 아주 많거든. 작년에는 뿔소똥구리를 발견했지."

"뿔소똥구리?"

"이 근방에서는 거의 볼 수 없거든."

"그래? 그런데 그건 뭐니?"

리쿠가 손에 든 봉투를 가리켰다.

"아, 이거? 매미 허물. 오늘은 세 개를 찾았어."

길이 3센티미터쯤 되는 기름매미의 허물. 반투명한 갈색 등을 구부리고 인파이터 권투 선수처럼 얼굴 앞에 두 손을 대고 있다. 마치 그 안에 있던 생명을 지켜 내려는 듯이.

"이렇게 가까이서 보기는 처음이네."

가호는 징그러워하지도 않고 매미 허물을 한 손으로 집어 들고 찬찬히 살폈다.

"뭐랄까, 생김새가…… 아주 잘 만들어진 것 같아."

"그래, 그래. 맞아. 우리 아빠는 예술 작품이라고 했어."

리쿠는 점점 신바람이 났다.

"매미 허물은 아주 많아. 저쪽에 가면 얼마든지 있지. 이리 와 봐. 보여 줄게."

성큼성큼 다섯 걸음쯤 걷다가 문득 제정신이 들었다. '이리 와 봐'라고 한다고 가호가 따라올까? 이젠 초등학생도 아닌데.

천천히 뒤를 돌아본 리쿠는 스마트폰을 어깨에 걸친 작은 백에 넣으며 따라오는 가호를 보고 마음이 놓여 살짝 한숨을 내쉬었다.

안에 수영장과 테니스코트가 있는 그 공원 동쪽 끝에
는 작은 잡목 숲이 있다. 옛날에 만든 큰 무덤처럼 불룩
하게 솟아난 그곳을 리쿠는 '언덕'이라고 불렀다.

갖가지 나무와 풀이 무성하게 뒤얽힌 언덕. 빽빽한 나
뭇가지가 자연스레 햇볕을 막아 주어 다른 곳보다 훨씬
시원하고 조금 어둑어둑했다. 뭐가 있는 것도 아니라서
드나드는 사람이 없기 때문에 곤충들에게는 그야말로 낙
원이었다.

그 언덕으로 들어가기 전에 리쿠는 양쪽 손목에 차고
있던 벌레 퇴치용 팔찌 한쪽을 빼서 가호에게 '자' 하며
건네주었다.

"이거 끼는 게 나을 거야. 모기가 많으니까."

가호가 아주 신 과일 같은 냄새가 나는 팔찌를 끼자 마
치 커플 팔찌라도 한 것 같아 괜히 부끄러웠다.

나무가 무성한 언덕으로 앞장서 가호를 이끌던 리쿠는
괜히 기운이 솟아 말이 많아졌다.

"곤충은 말이야 사람들이 잘 모르지만 아주 대단하거든. 곤충은 알면 알수록 대단해. 이 지구에 사는 모든 동물 가운데 종류가 가장 많고 개체 수도 가장 많은 생명체가 곤충이야."

"곤충이 번성한 이유는 여러 가지 있겠지만 무엇보다 서식 영역을 구분하기 때문일 거야. 곤충은 다들 남의 영역을 침범하지 않으려고 조금씩 다른 공간을 차지하고 살아. 나무 한 그루만 따져도 줄기, 잎, 낙엽마다 각각 다른 곤충이 살지. 그리고 식량도 곤충마다 달라. 먹이를 두고 싸울 일이 없는 거야. 우리 아빠는 곤충이 인간보다 훨씬 현명하다고 하셔."

"몸이 작은 것도 번성한 이유 가운데 하나지. 몸집이 작으면 조금만 먹어도 성장할 수 있고 살아갈 수 있잖아. 그만큼 멸종할 확률이 낮아진다는 이야기야. 예를 들면 자동차도 큰 차는 에너지를 많이 쓰기 때문에 휘발유가 금방 떨어지잖아. 휘발유를 똑같이 넣으면 작은 차가 훨씬 더 멀리까지 갈 수 있지."

가호와 함께 풀숲을 헤치며 나무둥치나 가지에 붙은

매미 허물을 찾아다녔다. 그리고 리쿠는 곤충이 얼마나 대단한지 실컷 이야기했다. 마치 자기 왕국에 오래간만에 찾아온 귀한 손님을 대접하는 임금님처럼 의기양양하게.

실제로 다른 사람에게 곤충 이야기를 하기는 오래간만이었다. 초등학교 때까지 친하게 지낸 곤충 친구들은 다른 중학교에 다니게 되자 리쿠에게나 곤충에게나 관심이 없어지고 말았다. 지금 반에서 제일 사이가 좋은 노무상은 역사에 관심이 많아 하굣길에도 곤충 이야기보다는 길가에 있는 지장보살이나 사당에 더 뜨거운 시선을 던졌다. 한번은 반에서 제일 한가해 보이는 이타루를 언덕에 데리고 왔는데 그 녀석은 리쿠가 보는 앞에서 메뚜기 다리를 뜯어 버렸다. 그래서 바로 언덕에서 추방했다.

그런 면에서 가호는 가능성이 있었다. 어떤 곤충도 무서워하지 않고 함부로 다루지도 않았다. 매미 허물을 찾아내는 직감도 뛰어났다.

"아, 또 있네. 그런데 이거 색깔이 좀 달라."

"아, 그건 참매미 허물이야."

"대단하구나. 다 구분할 줄 알다니."

"좀 노르스름하지."

"어, 저기 이상한 벌레가 있네."

"그건 울도하늘소라고 해."

"울도하늘소?"

"그래. 노란색 별 같은 무늬가 보이지?"

"정말 무늬가 노란색이네."

풀숲이나 나무 그늘에서 새로운 곤충을 발견할 때마다 리쿠는 반바지 주머니에서 메모장을 꺼내 곤충 이름을 적어 넣었다.

"릿군. 곤충 잡지 않아?"

"응. 전에는 잡았지만 이젠 관찰만 해. 잡으면 금방 죽으니까. 예를 들어 이 울도하늘소 같은 건 죽는 순간 바로 이 노란색 무늬가 사라지고 하얀색이 되지. 표본으로 만들어 봐야 살아 있을 때와 다른 모습이거든."

가호가 진지하게 듣고 있어서 리쿠는 어쩔 줄 몰랐다. 클래스메이트인 여자애가 내 이야기에 감탄하는 모습을 보이는 게 자랑스럽기도 하고 쑥스럽기도 했다.

"그래서 매미 허물만 모으는 거란다."

갑자기 태도가 오빠 같아졌다.

여동생처럼 여겨지는 까닭은 가호가 자그마하기 때문이기도 하다. 1학년 A반 남자애들 가운데 키가 이타루 다음으로 작은 리쿠인데도 가호는 훨씬 더 작았다.

"그런데 이렇게 매미 허물만 모아서 뭐 하려고?"

"뭘 하려는 건 아니고. 그냥 모아 둘 뿐이지. 엄마가 이걸 보면 버려."

"뭐?"

"작년에 책가방 안에 허물을 가득 모았는데 엄마가 그걸 보고 기절할 뻔했거든."

7초쯤 멍한 표정을 짓더니 가호는 허리를 숙였다. 흰 모자를 쓴 땀에 젖은 얼굴을 찡그리면서까지 몸을 뒤틀며 웃음을 터뜨렸다.

가호가 웃는다. 이렇게 유쾌하게. 이렇게 자유롭게.

거의 처음 보는 곤충을 발견했을 때 같은 만족감이 리쿠의 가슴을 가득 채웠다. 그렇지만 그런 모습을 바라보다 보니 그 만족감은 차츰 줄어들고 오히려 슬픈 기분이 들었다.

"가호."

이런 말 하면 안 된다. 이런 이야기 꺼내지 않는 게 낫다. 머릿속으로는 그렇게 생각했다.

"왜 학교에 오지 않니?"

아, 이런. 말을 해 놓고 바로 후회했다.

순간 가호의 얼굴에서 웃음이 사라졌다. 아기 다람쥐처럼 당황한 눈이 시선 둘 곳을 찾지 못하고 푸른 언덕 여기저기를 헤맸다. 생기를 잃은 그 눈동자는 조금 전에 보았던 가호가 아니다. 1학년 A반 구석 자리에 있던 말 없는 여자애의 모습이었다.

············

············

············

············

말이 없는 두 사람의 머리 위로 작은 빗방울처럼 매미 울음소리가 쏟아져 내렸다.

매미 소리가 아무리 쏟아져 내려도 이제는 조금 전 그

언덕으로 되돌아갈 수 없다.

가호가 목이 마르다고 해 둘은 언덕을 내려왔다.

수영장 옆에 있는 자동판매기에서 가호는 차가운 레모네이드를 사고 리쿠에게도 콜라를 하나 빼 주었다.

손이 시릴 만큼 차가운 페트병 뚜껑을 돌리자 푸슉, 하고 작은 소리가 나더니 차가운 공기와 콜라 향기가 풍겼다. 목을 넘어가는 탄산의 짜릿함이 기분 좋았다.

벤치에 앉아 콜라를 꿀꺽꿀꺽 마시는 리쿠 옆에서 가호는 달콤해 보이는 레모네이드를 찔끔찔끔 마셨다. 그 모습을 곁눈질로 살피며 목이 마른 게 아니었구나, 하는 생각을 했다. 리쿠와 마찬가지로 어색한 침묵에서 빠져나가고 싶었을 뿐이리라.

—왜 학교에 오지 않니?

그 한마디 때문에 두 사람 사이에는 대화가 사라졌다. 가호는 곤충 표본처럼 되고 말았다. 리쿠도 괜한 걸 물었다고 생각했지만 시간이 흐를수록 점점 뭐가 잘못인지 알 수 없게 되었다.

몇 년 만에 가호와 이야기를 나누고 함께 매미 허물을 줍고 여러 곤충을 찾았다. 가호도 즐거워하며 큰 소리로 웃었다. 그런데 왜 학교에 나오지 않는지를 묻지 않고 헤어진다면 그게 더 이상하지 않은가?

해는 이미 서쪽으로 조금 기울어지기 시작했다. 벤치 앞을 오가는 사람들은 대부분 머리카락이 젖은 모습이었다. 수영장에서 돌아가는 중이라는 걸 쉽게 알 수 있었다.

리쿠는 곤충을 관찰하느라 햇볕에 그을린 자기와 그 사람들의 피부를 비교해 보고 '졌다'고 생각했다. 나무 그늘이 있는 언덕과 고스란히 햇볕에 드러나는 수영장은 역시 여름의 위력이 다르다.

"아."

옆에 앉은 가호를 의식하지 않으려고 지나가는 사람들을 관찰하던 리쿠는 갑자기 눈이 번쩍 뜨였다. 눈에 익은 얼굴이 보였다.

같은 반 요시다 류야였다. 머리카락이 젖고 피부도 그을려 분위기가 변했기 때문에 바로 알아보지 못했다. 하지만 그 맹해 보이는 얼굴은 틀림없이 류야였다.

"릿군, 저어."

가호도 보았나? 얼른 가호 쪽으로 고개를 돌린 리쿠는
침을 꿀꺽 삼켰다.

가호는 류야를 보지 못했다. 리쿠에게도 시선을 주지
않는 상태였다. 당장이라도 눈물이 쏟아질 듯한 눈은 두
손으로 감싼 노란색 페트병만 뚫어지게 바라보았다.

"가호, 왜 그래?"

"나……, 뭐라고 표현해야 할지 모르겠지만."

"응."

"뭐라고 해야 할지 모르겠지만, 내가 있을 곳이 없는
것 같아서."

"있을 곳이 없어?"

"그 교실. 내가 있을 곳이 없는 것 같아."

"어째서?"

"뭐라고 표현해야 할지 모르겠어."

답답하다는 듯 가호가 페트병 뚜껑을 열었다가 도로
닫았다.

"우리 반 여자 열두 명뿐이잖아? 왠지 너무 적어서, 그래서 숨을 곳이 없다고나 할까?"

"숨어?"

"하라초등학교 때는 어느 반에나 있었어. 나 같은 애들이 더 있었거든. 그래서 한데 모여서 숨을 수 있었지. 그런데 지금은……."

초조한 듯 페트병 뚜껑을 열었다 닫았다 하는 가호의 손목에서 곤충 퇴치용 팔찌가 흔들렸다. 가호가 무슨 이야기를 하는 건지 리쿠는 이해가 되지 않았다.

"누가 괴롭히니?"

"그건 아니고. 언젠가는 시작될지도 모르지만."

"왜?"

"난 둔하고 작아. A반 여자애들 다 키가 크거든. 애들 평균 신장이 초등학교 때와는 전혀 달라."

"나도 작아."

"그렇지만 넌 이타루가 있지. 너보다 작은 애가 있잖아."

"별 차이 없는데……. 뭐랄까, 키 작다고 너무 신경 쓸

것 없어."

이때다 싶은 생각이 들어 리쿠는 목소리에 힘을 주었
다.

"자연계에선 오히려 작을수록 좋으니까. 아까 이야기
했지만 곤충이 동물 가운데 가장 번성한 이유는 작기 때
문이기도 해. 몸이 작을수록 조금 먹어도 살아갈 수 있잖
아. 그건 아주 유리한 조건이지."

어찌 된 일인지 가호가 바로 반응을 보였다.

"그렇지만 난 곤충이 아니잖아."

너무 직선적인 대꾸라 리쿠는 말문이 막혔다.

그렇지만 난 곤충이 아니잖아.

듣고 보니 맞는 말이다. 가호는 곤충이 아니다. 가호가
살아가야 할 곳은 숲도 아니고 언덕도 아니다. 1학년 A
반 교실이다.

그렇다. 가호가 내게 듣고 싶은 말은 곤충에 빗댄 이야
기가 아니라 아마 더 직접적이고 더 확실한 표현일 것이
다. 그런데 말이 나오지 않았다. 단숨에 들이마신 탄산음
료에 마비되었는지 혀가 굳어 움직이지 않았다.

생각해 보면 가호를 걱정하는 리쿠도 언덕이 아닌 학교에서는 조용하고 튀지 않는 편이었다. 그늘에서 조용히 서식하는 종족. 시끄러운 남자애들이 짓궂게 굴어도 불평하지 않고 그냥 웃는다. 요즘 들어 인간 세상도 어쩌면 약육강식인 것 같다고 생각하게 되었다.

이런 내가 무슨 말을 할 수 있을까?

현기증이 날 만큼 푸르른 하늘을 보니 점점 더 자신이 없어졌다.

말이 없는 리쿠 옆에서 가호도 말없이 다시 표본처럼 되어 갔다. 안 돼. 리쿠는 조바심이 났다. 무슨 이야기든 해야 해. 곤충 말고 다른 이야기를. 가호가 모처럼 마음을 열어 주었는데.

"가호."

무슨 이야기를 해야 할지도 모른 채 리쿠는 입을 열었다. 바로 그때였다.

갈색 그림자가 리쿠의 시야를 팔랑거리며 스쳐 지나갔다.

그 날렵한 실루엣에 리쿠는 눈길을 빼앗기고 말았다.

순식간에 포로가 되고 말았다.

혹시, 아니야. 설마. 그래도……

심장이 쿵쿵 뛰었다. 달려가고 싶은 걸 꾹 눌러 참으며 살며시 일어났다. 그리고 발소리가 나지 않도록 나비를 뒤쫓았다. 날개가 계속 움직이는 바람에 무늬를 제대로 확인할 수 없었다.

리쿠를 놀리듯 나풀거리며 바람을 타다가 이윽고 나비는 자동판매기 옆에 있는 화단에 내려앉아 날개를 쉬었다. 스위트피 꽃잎과 크기가 거의 비슷한 날개를 접고 있었다.

지금이다!

리쿠는 숨을 멈추고 가까이 다가갔다. 하지만 그 날개를 세로로 가로지르는 흰색 줄을 보고 그만 힘이 쭉 빠졌다.

부처나비다.

부처사촌나비가 아니다.

털썩 땅바닥에 주저앉아 머리를 무릎 사이에 처박았다. 이번엔 진짜인 줄 알았는데. 관찰기록에 처음으로

'부처사촌나비 발견'이라고 쓸 수 있었을지도 모르는데.

몇 번이나 한숨을 내쉬고 겨우 정신을 가다듬은 리쿠가 일어섰을 때는 이미 화단에 앉았던 부처나비는 보이지 않았다.

나비뿐만 아니었다. 조금 전까지 앉아 있던 벤치를 돌아본 리쿠는 자기가 돌이킬 수 없는 실수를 저질렀다는 사실을 깨달았다.

가호의 모습도 보이지 않았다.

벤치 위에 남은 것은 매미 허물과 레모네이드 페트병뿐.

"가호!"

리쿠의 입에서 상기된 목소리가 나왔다. 불안한 그 목소리가 햇볕에 짓눌리듯 사라지자 더는 목소리가 나오지 않았다.

리쿠는 자기도 허물이 된 느낌이 들었다. 소리쳐 가호를 부를 수도, 움직일 수도 없어 그저 우두커니 서 있을 뿐이었다.

9.

말하지 않아 미안해

유우카

아—, 덥다. 더워, 더워. 방학은 왜 이리 푹푹 찌는 계절에 하는 걸까. 어차피 쉴 것, 지내기 좋을 때 방학을 하면 좋을 텐데.

속으로 실컷 투덜거리며 걷던 공원에서 유우카는 1학년 A반 클래스메이트를 발견했다.

다마치 가호와 마에카와 리쿠. 둘이 나란히 벤치에 앉아 느긋하게 음료수를 마시고 있었다.

어? 뭐지, 저 두 명? 사귀는 거야?

순간 깜짝 놀랐지만 이내 설마 하는 생각이 들었다. 학교에 나오지 않는 가호는 원래 성격이 그늘진 아이이고, 마에카와 리쿠는 곤충 오타쿠다. 그런 두 사람이 사귈 리 없다. 둘 다 체격도 작아 얼핏 보기에 초등학생 남매처럼 보였다. 그 훈훈한 분위기가 왠지 더 얄밉게 느껴져 유우카는 얼른 눈길을 돌렸다.

뭐랄까, 중학생이 된 뒤 어찌 된 일인지 사람들을 모두 믿을 수 없을 것 같은 기분이 들었다.

'자칫 남을 믿었다가는 어처구니없는 꼴을 당한다. 다들 겉과 속이 다르다.' 이런 생각이 드는 일이 잦아졌기 때문인지도 모른다.

히로에게 첫눈에 반한 걸 '절대 비밀이야'라고 미나와 후가에게만 털어놓았는데 눈 깜빡할 사이에 반 여자아이들 모두에게 퍼졌다.

중간고사 전에 '어쩌지? 도무지 공부가 되지 않아'라고 하던 여자애들이 다들 유우카보다 좋은 점수를 받기도 했다.

자연 체험 합숙 때 유우카가 히로에게 고백했다 거절당했을 때도 고백하라고 부추기던 여자애들이 다들 '그럼 그렇지' 하는 표정을 지었다.

중학교는 마음을 놓을 수 없는 곳이다. 누가 진심인지, 뭐가 정말인지 알 수 없다. 슈마흐 사건도 그렇고 유리창 사건도 결국 범인은 밝혀지지 않았다.

가호도 사람들을 믿지 못해 학교에 나오지 않는 걸까?

그런 생각을 하면서 두 사람이 앉은 벤치에서 멀어지는데 가방 안에서 휴대전화가 울렸다.

엄마 일을 돕기로 약속하고서야 아빠가 겨우 허락한 스마트폰. 착신음은 '태풍일과'가 부른 최신곡이다.

"안녕, 유우카? 뭐하니?"

전화를 건 사람은 당연히 미나였다.

"지금 나 구민공원. 엄마가 시켜서 도서관에 다녀오는 중이야."

"어머, 너희 어머니 책도 읽으셔?"

"응, 그런데 놀랄 이야기가 있어."

"뭔데, 뭔데?"

"그게 말이야."

다마치 가호와 마에카와 리쿠를 보았다는 이야기를 하

려다 유우카는 얼른 그만두었다. 그 이야기를 하면 미나는 마치 자기가 본 것처럼 신이 나서 아이들에게 떠들어 댈 것이다. 본 사람은 유우카인데 마치 자기가 무슨 큰 역할이라도 한 듯이.

"응, 그래, 얼른. 놀랄 이야기라는 게 뭐야?"

"응, 그게……, 아, 매미 허물이 길바닥에 떨어져 있더라."

"엥? 그게 뭐, 뭐가 놀랄 이야기라는 거니? 매미? 허물? 어디에?"

흥이 깨졌다는 듯한 말투로 물으면서도 유우카의 대꾸는 기다리지도 않고 미나가 말을 이었다.

"그런데 내일 열두 시에 괜찮지?"

"아……, 그래."

유우카의 목소리가 바로 어두워졌다.

내일 12시. 역시 미나는 잊지 않았다.

"그래. 우리 집 알지?"

"알아. 그 회색 건물."

"그래, 짙은 회색……."

"그럼 내일 봐!"

미나는 일방적으로 전화를 끊었다. 유우카는 휴대전화를 가방에 넣고 후우, 하며 숨을 토했다. 땅바닥에 그려진 자기 그림자가 조금 전보다 더 짙게 보였다.

내일 미나가 집에 온다. 마침내 온다.

여름 때문이야. 유우카는 눈이 부셔 실눈을 뜨면서 맑게 갠 하늘을 원망스럽게 노려보았다. 여름방학이 이렇게 길기 때문에, 햇볕이 쨍쨍 내리쬐기 때문에 결국, 드디어 미나에게 걸리고 말았다.

하라초등학교 시절부터 아는 사이인데 중학교에 입학하여 같은 반이 된 뒤로 더 가까워진 유우카와 미나. '쌍둥이 같다'는 말을 종종 듣는 두 사람의 관계가 미묘하게 삐걱거리기 시작한 때는 여름방학부터였다.

어쩌면 너무 자주 붙어 지냈기 때문일지도 모른다.

7월에 두 번이나 노래방에 갔다. 하라주쿠에 가서 같은 티셔츠와 유리 반지를 샀다. 그때 이미 용돈은 바닥났다.

아직도 여름방학은 많이 남았는데 돈이 없다. 게다가 흰 얼굴이 자랑인 미나는 햇볕에 그을리는 게 싫어서 밖에서는 놀려고 하지 않는다. 그래서 유우카와 미나는 아무 데도 가지 못하고 미나의 방에 틀어박혀 지내게 되었다.

미나네 집은 외제차가 자주 보이는 동네에 있는 3층짜리 단독주택이다. 미나네 아버지는 인테리어 잡화를 다루는 회사를 경영하고, 어머니도 그 사업을 거들기 때문에 평일 낮에는 집에 아무도 없었다. 미나의 방도 널찍한 편이라 둘이 틀어박히기에는 아주 좋은 곳이었다.

하지만 둘이서 할 수 있는 일은 빤했다. 게임. '태풍일과'의 공연이 담긴 DVD 감상. 존에게 응원 전화 걸기. 독서(만화 전문). 메이크업 놀이. 네일 아트 놀이. 유튜브에서 재미있는 동영상 찾기. 인터넷에서 멋진 옷 찾기.

거의 매일 만나다 보니 둘이서 노는 게 아니라 그냥 시간을 때우는 기분이 들었다. 자연스럽게 이야깃거리도 다 떨어졌다.

하다못해 후가라도 함께 있다면 좋을 텐데. 유우카는

몇 번이고 이런 생각을 했다.

1학년 A반의 바이올린 왕자, 가와무라 후가. 바이올린 학원을 두 군데나 다니고, 또 피아노 학원까지 다니는 후가는 개성이 넘친다고 할까, 괴짜라고 해야 할까. 다른 남자애들과는 많이 다르다. 후가 스스로도 그걸 알고 진지한 얼굴로 '남자애들보다 여자애들과 있을 때 마음이 편해'라는 소리까지 한다. 특히 미나, 유우카와는 성향이 맞는지 교실에서는 셋이 어울릴 때가 많다.

그런 후가가 여름방학 중에는 엄청 바쁘다.

"오늘? 미안해. 나 콩쿠르 예선이 있어서."

"미안하지만 난 모레부터 2주 동안 합숙이야."

유우카와 미나가 만나자고 해도 매번 거절했다. 결국 여름방학 내내 후가와 함께 놀 수 없었다. 이럴 줄 알았다면 동아리에라도 가입할걸 그랬다며 유우카는 후회했지만 중학생이 된 지 얼마 지나지 않았을 무렵에는 미나와 함께 있는 게 제일 즐거웠기 때문에 어쩔 수 없었다.

여름방학 내내 둘이 함께 시간을 보내면서 유우카는 미나가 그리 마음 편한 상대가 아니라는 사실을 비로소 깨달았다. 감정 기복이 심하고 고집도 세다. 유우카를 늘 아래로 보는 듯해 자기 뜻대로 되지 않으면 금방 토라졌다.

그래도 재미있을 때는 재미있는 아이다. 콕 집어 표현할 수는 없어도 마음씨가 착한 편이라 도저히 미워할 수 없다. 사흘이나 함께 있다 보면 지겨워지지만 이틀만 만나지 못해도 보고 싶어진다. 그건 미나도 마찬가지인지 사소한 문제로 다툰 뒤에도 시간이 좀 지나면 아무 일도 없었다는 듯 전화를 걸어 주었다.

"얘, 나한테 아주 좋은 생각이 있는데 말이야."

미나가 공포의 제안을 한 것은 여름에 완전히 질린 두 사람이 툭하면 '뭐 재미있는 일 없을까' 하는 소리를 할 무렵이었다.

"다음번에는 너희 집에서 놀자. 난 너희 집 구경하고 싶어."

유우카는 '마침내'라는 생각이 들어 몸을 움츠렸다. 언젠가 미나가 그런 말을 꺼낼 거라며 마음을 졸이던 중이었다.

"그렇지만 우리 집은 너희 집하곤 달라. 좁아."

"노 프러블럼."

"냉방도 잘 안 되기 때문에 덥고."

"이게 바로 여름이다, 하는 기분이 들겠지."

"울 엄마가 항상 집에 있어서 불편할 텐데."

"너희 어머니도 뵙고 싶고."

"평범한 주부라서 특별할 게 없는걸. 너희 집이 백배는 편하지."

미나가 끈질기게 졸랐지만 그때는 겨우 얼버무리고 넘어갔다. 하지만 그 뒤로도 몇 차례 같은 이야기가 나왔다. 유우카가 거절할수록 미나는 더 끈질겨졌다. 묘한 부분에서 촉이 발동한 미나는 유우카의 태도에 심상치 않은 비밀이 있다는 냄새를 맡았는지도 모른다.

그리고 매듭을 지어야 할 때가 왔다. 비가 계속 내리던 어느 날 오후, 갑자기 미나가 읽던 만화책을 내던지더니 이렇게 말했다.

"으아—, 지겨워. 집에 있기 정말 지겨워. 다음엔 너희 집에서 놀자."

그날 미나는 여느 때보다 더 고집을 부렸다. 유우카가 무슨 핑계를 대도 전혀 물러서지 않았다.

"너무 지겨워서 못 견디겠어. 우리 집 과자도 지겹고, 주스도 지겹고. 완전 질렸어."

급소를 찔린 유우카는 입술을 꼭 깨물었다. 대꾸할 말을 찾지 못했다.

여름방학 중에 유우카는 미나네 집에서 여러 차례 간식을 얻어먹었다. 주스와 차도 잔뜩 마셨다. 그런데 미나에게 한 번도 갚지 못했다.

"알았어. 그럼 엄마한테 물어볼게."

결국 두 손을 들고 만 그날 이후, 유우카는 그 문제만 고민하며 지냈다.

"엄마, 나 왔어."

미나네 집과는 크게 차이가 나는 유우카네 집은 작은 아파트 2층이다. 특별할 것 없이 상자처럼 무뚝뚝해 보이는 오래된 건물. 현관에 붙은 문패 하나만 보더라도 미나네 집 문패가 훨씬 고급스럽다.

"엄마, 책 빌려 왔어."

"고마워. 유짱."

현관에서 말하자 주방에 있는 엄마가 바로 대꾸했다. 좁은 집이라 어디 있건 식구들 목소리가 들린다. 조용한 걸 보면 아사야는 자는 모양이다.

현관 옆 화장실에서 손을 씻고, 유우카는 소리 나지 않도록 조심스럽게 거실 문을 열었다. 에어컨에서 나오는 찬바람을 쐬면서 아사야가 깨지 않도록 한복판에 놓인 앉은뱅이책상에 빌려 온 책 두 권을 가만히 내려놓았다. 엄마가 인터넷으로 예약한 《40대의 자녀 교육 매뉴얼》과 《모르면 착각한다·남자와 여자는 이렇게 다르다!》라는 책이었다.

어떻게 다르다는 걸까. 창가로 가서 아기 침대를 들여다보니 아직은 남자도 아니고 여자도 아닌 원숭이처럼 생긴 아기가 잠들어 있다. 손발을 꼼지락거리지 않는 걸 보면 꽤 깊이 잠이 든 모양이다.

평온하다.

내 속도 모르고 편안한 얼굴로 자고 있다.

한숨이 저절로 흘러나왔다.

태어난 지 한 달 반 된 아사야. 열두 살이나 차이가 나는 동생이 있다는 사실을 미나는 아직 모른다. 유우카가 말하지 않았기 때문이다.

그토록 기다리던 둘째가 태어나 행복해 어쩔 줄 모르는 엄마에게는 미안하지만 유우카는 부모님이 뒤늦게 아기를 또 낳았다는 사실이 창피했다. 창피해서 다른 아이들에게 도저히 이야기할 수 없었다.

유우카는 이미 '그것'을 안다. 어른 남자와 여자가 아기를 만들기 위해 하는 '그것'. 2년 전 그 충격적인 사실을 처음 친구들한테 들었을 때는 너무나 끔찍해 한동안 식욕도 없었다.

작년 가을, 엄마가 '네 동생이 생겼어'라고 했을 때도 유우카에겐 가족이 늘어난다는 기쁨보다 충격이 더 컸다.

엄마와 아빠는 아직 '그걸' 하고 있었단 말인가ㅡ.

아사야가 태어났다는 이야기가 퍼지면 틀림없이 다들 같은 생각을 하겠지. 여자애들은 끔찍하다며 눈살을 찌푸릴지도 몰라. 남자애들은 야한 소리를 하며 놀려 댈지도 모르고.

그래서 말할 수 없었다. 지금까지 기를 쓰고 숨겨 왔다.

하지만 이제 끝이다. 내일 미나가 집으로 찾아온다. 아사야가 태어났다는 사실이 드러날 것이다.

어떡하지……?

"유짱."

걱정스러운 눈길로 아사야를 바라보던 유우카를 엄마가 문 앞에서 불렀다.

"내일 점심에 뭘 차릴까 이리저리 고민했는데, 햄버그스테이크와 나폴리탄 스파게티를 준비하면 어떨까? 내 솜씨가 서툴지만 기본적으로 맛있는 음식이니까. 그런데 미나짱도 좋아할까?"

"그건 좋아할 테지만."

딸 친구가 온다는 말을 듣고 긴장한 엄마에게 유우카는 시큰둥한 목소리로 대꾸했다.

"그런데 햄버그스테이크와 나폴리탄 스파게티, 둘 중하나만 하는 게 낫지."

"그러지 마. 왜 그러니? 너도 미나네 집에서 많이 얻어

먹었잖아."

"나보고 다른 집에 갈 때는 점심 식사 시간은 피하라고 엄마가 늘 말했잖아."

"그러지 마. 모처럼 미나짱이 온다는데. 엄만 장을 보고 올 테니까 아사야 좀 봐줘."

신이 난 엄마가 가까운 슈퍼마켓에 장을 보러 나가자 유우카는 아기 침대 옆에 벌렁 누워 흐린 하늘처럼 칙칙한 천장을 바라보았다. 그러자 몸에 힘이 쭉 빠져 다시는 일어서고 싶지 않아졌다.

지구상에서 나 혼자만 세상의 종말을 기다리는 기분.

어쩌지? 어떡하지? 어쩜 좋을까?

아사야를 처음 본 미나의 깜짝 놀란 눈. 클래스메이트들이 흘겨보는 눈. 남자애들의 능청맞은 웃음. 상상만 해도 견딜 수 없다. 그냥 가만히 있을 수 없다. 도망치고 싶다.

하지만 중학생에겐 갈 만한 곳이 없다는 사실을 이번 여름방학에 뼈저리게 느꼈다. 학교와 집. 그리고 기껏해야 친구네 집. 돈이 없으면 아무 데도 갈 수 없다.

아사야가 잠든 아기 침대와 마찬가지로 유우카의 하루 하루도 늘 눈에 보이지 않는 울타리로 둘러싸여 있다.

열두 살의 힘으로는 넘어설 수 없는 울타리.

우리는 늘 갇힌 신세

해방시켜 줘 자유를 줘

그 대신 내 꿈을 줄게

무심코 '태풍일과'의 신곡을 흥얼거리다가 문득 언니 생각이 났다.

존과 유우카의 중간 지점에 있는 언니. 늘 아주 잠깐 유우카를 울타리 밖으로 데리고 나가 주는 사람. 그러고 보니 오늘은 전화를 하지 않았다.

유우카는 천천히 몸을 일으켰다. 벽 쪽에 있는 전화기 까지 무릎걸음으로 다가가 수화기를 집어 들었다. 외우 는 번호를 누르자 웬일인지 언니가 바로 받았다.

"예. 하니즈프로덕션 '태풍일과' 서비스 창구입니다."

올여름 기획사가 특별히 마련한 팬 전용 서비스 창구.

여름방학 내내 유우카와 미나는 하루도 거르지 않고 여기에 전화해 존에게 보내는 응원 메시지를 남겼다.

뮤직 스테이션에 나온 존은 최고였어요. 새 CM 멋져요. 앞으로도 계속 응원할 거예요. 전화가 잘 연결되지 않을 때도 유우카와 미나는 포기하지 않고 계속 전화번호를 눌렀다. 어차피 시간은 남아돌았으니까. 그런 보람이 있어서 전화를 받는 언니도 이제 두 사람의 목소리를 기억한다. '오늘도 너희 둘이 함께 전화 건 거니?', '여름방학 숙제는 다 했고?' 하는 식으로 말도 걸어 준다.

"여보세요, 저어⋯⋯."

오늘도 한두 마디만 듣고 언니는 유우카라는 걸 알아차렸다.

"아, 그래. 오늘도 전화했구나. 고마워."

여느 때 같으면 바로 '태풍일과'에게 보내는 메시지를 이야기한다. 존이 어제 입은 옷, 정말 멋졌어요!

그렇지만 유우카 입에서 나온 건 다른 말이었다.

"저어, 제가 말이에요, 저어⋯⋯."

"응?"

"제가 동생이 생겼어요."

수화기 저편에서 잠시 침묵이 이어졌다. 유우카도 자기가 말해 놓고 흠칫 놀랐다.

내가 갑자기 무슨 소리를 한 거지?

유우카가 얼른 다른 이야기를 하려는데 수화기에서 '어머' 하는 소리가 들렸다.

"어쩜, 정말 축하해!"

이번에는 유우카가 입을 다물었다. 마치 8월의 태양처럼 환한 목소리였기 때문이다.

"저어, 동생이 저하고 열두 살이나 차이가 나는데요."

"어머, 그럼 동생이 더 귀엽겠네."

"근데, 그게……, 우리 엄마 지금 마흔 살이거든요."

"그래? 그럼 더 축하할 일이구나."

축하받고 싶은 심정이 아니고요. 오히려 곤란한 상태라니까요. 이렇게 주장하고 싶었다. 그런데 언니가 먼저 말했다.

"부러워."

"예?"

"난 말이야, 서른다섯 살인데 아직도 아기가 생기지 않아. 가끔은 이제 아기를 갖기 힘들지 않을까 하는 생각이 들 때도 있거든. 그런데 마흔 살에 출산하는 분도 있다니. 왠지 힘이 나네. 고마워."

전혀 예상하지 못한 반응에 유우카는 머릿속이 혼란스러웠다. 뭐라고 대꾸해야 좋을지 몰라 '아뇨', '아, 그게 아니고요'라며 우물거리며 전화를 끊고 말았다.

수화기를 내려놓은 뒤에도 가슴은 여전히 쿵쿵 뛰었다.

서른다섯 살. 언니가 아니라 아주머니였나?

왠지 엉뚱한 짓을 했다는 생각이 들었다.

그렇지만 축하한다고 했다. 힘이 난다고 했다.

아기를 갖고 싶다는 말을 저렇게 아무렇지도 않게 하다니. 아주머니가 되면 '그것'이 부끄럽지 않아지는 걸까? 익숙해져서 아무렇지도 않은 걸까? 열두 살 유우카는 너무 부끄럽지만 어른이 되면 아무렇지도 않게 되는 걸까—?

아기 침대로 다가가 다시 잠든 아사야의 얼굴을 들여

다보았다. 잠이 얕아졌는지 말랑말랑한 떡처럼 오동통한 발을 가끔 움직였다. 티슈로 침을 닦아 주자 얼굴을 찡그렸다. 세상에서 가장 평화로워 보이는 얼굴.

"내일 미나가 올 거야."

한숨을 폭 내쉬며 유우카는 동생에게 속삭였다.

"누나 친구 미나네 집은 부자거든. 전에는 나도 미나네 집 딸로 태어나고 싶다는 생각을 했었어. 그런데 네가 태어난 뒤로 그런 생각은 하지 않게 되었단다."

비밀을 털어놓은 순간, 웃지 않던 아사야가 살짝 입가를 움직이며 '으음' 하고 웃는 느낌이 들었다.

한 시간 남았다.

이제 30분.

이제 10분.

딩동—.

"예—!"

11시 55분. 약속보다 5분 일찍 초인종이 울렸을 때 유우카는 아사야를 품에 안고 후다닥 현관으로 달려갔다.

심장이 폭발하기 직전. 그렇지만 어차피 들통이 날 거라면 아예 정면으로 부딪혀 보자고 마음먹었던 것이다.

"잠깐만, 지금 열어."

아사야의 발을 떠받친 손으로 손가락을 움직여 잠금장치를 풀고 등으로 문을 밀어 열었다.

"안녕? 나 왔어."

미나는 노란색 원피스를 입었다. 손에는 노란색 달리아 꽃다발. 꽃다발을 묶은 리본도 노란색. 미나는 노란색을 행운의 색깔이라고 믿는다.

"어서 와."

커다란 해바라기 같은 노란색에 움츠러들면서도 유우카는 거의 자포자기 상태에서 젖내가 나는 아기를 미나의 얼굴 앞으로 내밀었다.

"안녕, 미나 누나? 나는 아사야라고 해."

예상한 대로 미나는 깜짝 놀라 그 자리에 얼어붙었다.

"어……, 뭐야? 이 애기는 누구니?"

"내 동생."

앞에 우두커니 서 있는 미나와 품 안의 아사야. 두 사람을 향해 유우카가 말했다.

"그동안 이야기하지 않아서 미안해."

"동생……."

미나는 아사야로부터 시선을 떼지 못했다. 칭얼거리기 시작한 아사야의 손이 미나의 코를 스친 순간 미나의 리액션이 터져 나왔다.

"꺄악, 이 아기, 어쩜. 어머머. 너무 예뻐! 어쩜 이렇게 귀엽지? 마시멜로 같아. 으앙. 유우카, 부러워. 너, 너무했다. 동생 생겼다는 말도 않고. 나도 동생 있으면 얼마나 좋을까!"

미나가 흥분해서 큰 소리로 말하자 아사야가 몸을 뒤로 젖혔다. 그리고 바로 팔다리를 뻗대며 울기 시작했다.

"어머, 이를 어째? 미안. 내가 놀라게 했니?"

"괜찮아. 금방 그칠 거야. 아사야, 울지 마. 넌 웃는 게 더 예쁘다고 누나 친구도 말하잖아. 알았지?"

얼굴을 찡그리고 울어 대는 아사야를 달래면서 흘러내리는 눈물을 미나 모르게 훔쳤다.

10.
흔들림

미나

여름방학이 끝난 지 열흘째 되는 날. 미술 시간에 '학교에서 가장 마음에 드는 풍경을 스케치해 올 것'이라는 과제를 받고 고민 끝에 미나는 운동장을 선택했다. 유우카와 후가도 함께였다.

운동장이 특별히 마음에 들었던 건 아니다.

"아무것도 없는 게 그리기 편하지. 운동장은 땅바닥만 그리면 그만이잖아."

후가가 이런 멋진 아이디어를 내서 덩달아 운동장을 그리기로 했다.

다행히 하늘에는 온통 구름이 깔려 있어 햇볕을 가려 주었다. 가을은 아직 멀어 끈적끈적한 습기가 느껴졌다. 그래도 햇볕에 타는 것보다는 낫다.

흐린 하늘 아래 운동장에서는 체육복을 입은 3학년 학생들이 멀리뛰기를 하고 있었다. 모래 먼지가 이는 그쪽을 피해 미나와 유우카, 후가는 흙만 보이는 장소를 찾았다.

그런데 그림 그리기 딱 좋은 곳에는 손님이 먼저 와 있었다. 레이미였다.

"헬로, 레이미. 치즈루는?"

"음악 준비실. 악기를 그리고 싶대."

"와, 대단한 그림에 도전하네. 넌 역시 땅바닥 그리는 거야?"

"아니, 난 하늘."

"하늘?"

미나와 유우카, 후가는 동시에 흐린 하늘을 우러렀다. 이어서 그 시선을 레이미의 스케치북으로 옮겼다. 지렁이가 기어가는 듯한 줄이 몇 가닥 꿈틀거리고 있었다.

"……역시. 우리도 하늘을 그릴까?"

"땅바닥보다 하늘이 더 간단할지도 모르겠네."

"맞아."

덩달아 하늘 쪽으로 마음이 기운 세 사람에게 '그렇지 않아'라고 레이미가 말했다.

"땅바닥이 그리기 더 쉬울걸. 하늘은 움직이지만 땅은 움직이지 않잖아."

"맞아."

"하긴, 구름이 움직이긴 하지."

"그냥 땅바닥을 그릴까?"

고개를 끄덕이며 레이미 옆에 앉아 세 사람은 운동장을 그리기 시작했다. 그래 봤자 흙뿐인 운동장이라 스케치는 금방 끝났다. 결국 그냥 수다를 떠는 시간이 되고 말았다. 가리가리군[7]은 역시 소다 맛이 최고라느니, 포테이토칩에는 마요네즈와 시치미[8]가 끝내준다느니 하며

---

7) 1981년부터 일본에서 판매되고 있는 인기 얼음과자 종류. 소다 맛은 하늘색이다.

8) 고춧가루를 비롯해 생강, 차조기, 산초 같은 향신료를 넣어 만든 일본 조미료.

클래스메이트 · 1학기

먹는 이야기로 꽃을 피웠다.

"아, 참."

옆에서 구름을 바라보던 레이미가 불쑥 폭탄선언을 할 때까지는 말이다.

"유우카, 동생 생겼다면서? 축하해."

미나를 가운데 두고 후가와 함께 앉아 있던 유우카에게 레이미가 아주 밝은 목소리로 말을 건넸다.

순간 유우카의 눈동자가 얼어붙었다.

미나도 마찬가지였다. 시간마저 흐름을 멈춘 듯했다.

후가만 무슨 소리인지 몰라 멍한 표정을 지었다.

"뭐? 동생? 그게 무슨 소리야?"

"히나코에게 들었어. 아직 자그맣겠네. 아기는 태어난 지 여섯 달 될 때까지는 전생을 기억한대. 그러니 더 늦기 전에 전생에 어떤 사람이었는지 물어보는 게 좋을 거야."

레이미가 엉뚱한 소리를 하는데 유우카는 고개를 숙인 채 아무런 대꾸도 하지 못했다.

히나코, 그 바보. 입 참 싸다.

속으로 욕을 하면서 미나도 스케치북에서 시선을 들지 못했다. 유우카의 침묵이 무섭다. 무서워서 얼굴을 볼 수 없었다.

따갑게 느껴지는 침묵 속에 분위기를 파악하지 못한 레이미는 아무 일 없다는 듯이 다시 하늘을 우러렀다.

상황을 눈치챈 후가는 아무것도 묻지 않고 시선을 조용히 운동장으로 되돌렸다.

미나도 연필을 고쳐 잡았다. 땅바닥이 땅처럼 보이도록 표면의 질감을 꼼꼼하게 그리는 척하면서 곁눈질로 흘끔흘끔 유우카의 스케치북을 엿보았다.

이윽고 유우카의 스케치북 위에 물방울 하나가 툭 떨어졌다.

비?

고개를 들어 하늘을 보았지만 떨어지는 빗방울은 없었다.

"흑……흑……."

흐느끼는 소리가 들리기 시작했다. 그제야 미나는 유우카가 울고 있다는 사실을 깨달았다.

클래스메이트 · 1학기

"미안. 진짜 미안해. 우연이었어. 그날 너희 집에서 놀다가 돌아가는 길에 하필 우연히 히나코를 만났어. 내가 좀 흥분했거든……. 아사야가 너무 귀여워서. 다른 사람에게 그 이야기를 하고 싶어서 참을 수가 없었어. 물론 약속은 기억해. 그래서 히나코에게도 다짐을 받았지. 절대로 다른 사람에게 이야기하지 않기로. 약속을 지키지 않으면 그냥 두지 않겠다고 했는데, 히나코가 그만."

창가 벽에 기대어 무릎을 껴안고 훌쩍거리며 우는 유우카에게 미나는 백 번쯤 '미안해'라며 두 손 모아 빌었다. 그 손과 손 사이로 유우카의 얼굴을 살폈지만 눈물 젖은 얼굴에 변화가 없는 걸 보고 다시 '미안해' 하며 빌었다. 그러기를 몇 십 분.

미술 시간이 끝난 뒤 유우카는 1학년 A반으로 돌아가지 않고 D반 교실로 뛰어 들어갔다. 미나도 그 뒤를 따랐다. 기타미2중 1학년은 두 학급뿐이기 때문에 C반과 D반 교실은 이제 사용하지 않는다. 그래서 편하게 이용하는 공간이 되어 선생님들은 다용도실처럼 쓰고 학생들에게는 숨을 때 즐겨 찾는 곳이다.

"유우카, 미안하다니까. 뭐라고 좀 해 봐."

무슨 말을 해도 대꾸가 없는 유우카에게 미나는 계속 사과했다. 미나는 난처하기 짝이 없었다. 유우카가 도대체 무엇 때문에 상처를 입었는지 도무지 이해할 수 없었다.

분명히 약속을 깬 내가 잘못했다. 아사야를 보여 준 그날 유우카는 미나에게 단단히 못을 박았다.

"내 동생 이야기는 내가 반 아이들에게 직접 이야기할게. 마음의 준비를 마친 뒤에 할 테니까 그때까진 제발 아무에게도 말하지 말아 줘."

무슨 준비인지 궁금했지만 미나는 '당연하지!' 하며 선뜻 약속했다. 그래 놓고 겨우 몇 시간 뒤에 히나코에게 냉큼 이야기하고 말았다.

잘못한 건 나다. 하지만 이해할 수 없는 부분도 있다.

유우카는 왜 아사야가 태어난 걸 숨겼을까. 다른 애들에게 말하면 안 될 이유가 뭐가 있지? 그렇게 귀여운 동생이 있으면서 왜 내게 말해 주지 않은 걸까?

시간이 흐를수록 찜찜한 기분은 의문으로 바뀌었고,

미나를 몰아세우듯 계속 우는 유우카가 원망스럽기도 했다.

유우카는 원래 툭하면 훌쩍거린다. 마음 상한 일이 있으면 뒤끝이 길고 속으로 꿍꿍 앓는다. 그래서 주위 사람들도 거기 휘말린다. 히로에게 고백했다가 거절당했을 때도 유우카가 계속 비극의 주인공처럼 굴어 진짜 짜증나는 합숙이 되고 말았다.

1학년 A반 교실에서는 지금쯤 다들 아무렇지도 않게 국어 수업을 받고 있을 것이다. 그 4교시가 끝나 가는데도 유우카는 도무지 울음을 그치려고 하지 않았다. 배도 고파 미나는 결국 짜증을 내고 말았다.

"미안하다고 하잖아. 넌 아사야가 아니야. 그렇게 아기처럼 엉엉 울기만 하면 어떡해. 어휴, 답답해."

짜증을 낼 때 미나 입에서는 심한 말이 튀어나온다. 한번 시작되면 도저히 멈출 수 없다. 그리고 실컷 퍼부어 속이 후련해졌을 때는 이미 후회가 시작된다.

으아―, 또 짜증을 내고 말았네.

유우카에게 마구 퍼부은 미나는 제정신이 들자 '아차'

하며 잠깐 화장실에 다녀오겠다는 말을 남기고 도망치듯 그 교실을 빠져나왔다. 그리고 5분 뒤에 어색한 분위기를 무마하기 위해 '좀 전엔 내가 미안했어'라며 경쾌한 걸음으로 돌아왔다. 하지만 유우카는 교실에 없었다.

유우카는 1학년 A반 교실에도, 복도에도, 화장실에도 없었다. 혹시나 싶어 들여다본 양호실 침대에도 없었다.

급식 시간이 되었는데도 유우카는 교실로 돌아오지 않았다.

가방이 있으니 집에 돌아가지는 않았을 것이다. 미나는 그렇게 생각하며 일단 점심을 먹고 난 뒤, 점심시간에 교실에 남아 있던 히나코를 잡아 따졌다.

"야, 너 유우카 동생 이야기를 레이미에게 했지? 아무한테도 말하지 말라고 했잖아."

히나코는 잠깐 어리둥절한 표정을 짓더니 '앗' 하고 생각이 났다는 듯이 혀를 날름 내밀었다.

"그런가? 말하면 안 되는 거였지. 미안, 미안해."

"정말 그러면 안 되지."

"그게, 레이미가 아기는 전생을 기억한다는 이상한 말을 해서 그만 유우카에게 동생이 생겼다는 이야기를 하고 말았어. 미안해, 미안!"

두 손을 모으고 그렇게 말하지만 반성하는 표정은 아니었다.

"너 미안하다는 생각 전혀 없는 거지?"

"아냐. 그렇지 않아. 그런데 왜 아기 이야기를 하면 안 되는 건데?"

"그건……, 그건 유우카밖에 몰라. 어쨌든 유우카가 비밀로 하고 싶다고 했어. 약속은 약속이잖아. 너 초등학교 3학년 때하고 바뀐 게 하나도 없어. 나 유우카한테 미안해서 어떡하라고."

제 잘못은 생각하지도 않고 탓을 하는 미나에게 '아, 잠깐만' 하며 옆에서 유카가 끼어들었다.

"무슨 그런 말을 하니? 히나코가 늘 약속을 깨는 건 아니잖아?"

"나쁜 뜻이 있고 없고는 상관없어. 약속을 깬 게 문제라는 거지."

"그렇다면 너도 늘 약속을 안 지키잖아."

"뭐? 나도?"

"툭하면 지각하고 쓰지 말라는 색깔 있는 립밤도 계속 쓰고, 그 양말 노란색 방울도 그렇고, 실내화에 이름을 형광펜으로 쓴 것도 모두 교칙 위반이니까."

"잠깐. 왜 내 지각 이야기가 나오는 거니?"

미나가 발끈하며 다그치자 유카가 한 걸음 뒤로 물러섰다. 미나가 놓치지 않으려고 팔을 움켜쥐자 악, 하고 큰 소리를 냈다.

"폭력 쓰지 마."

"이게 어디서 명령이야? 네가 뭔데? 기껏해야 생활위원 주제에."

히나코는 제쳐 놓고 서로 노려보는 두 사람에게 교실에 남아 있던 아이들의 시선이 몰렸다.

이런 긴박한 분위기를 깨듯 이상한 목소리가 들렸다.

"붙어, 붙어. 한판 붙어."

누구지? 돌아보니 미나 앞에는 두 손을 메가폰처럼 입에 댄 이타루가 보였다. 책상 서랍 안이 더럽다고 매일 유카에게 혼나는 못난 녀석.

"넌 상관하지 마."

미나는 자기보다 10센티미터쯤 작은 이타루의 머리를
찰싹 때렸다.

바로 그 순간 이도 저도 다 싫어졌다.

"아으—. 지겨워. 도저히 견딜 수가 없네."

이렇게 내뱉고 미나는 성큼성큼 자기 자리로 돌아가
가방을 싸서 아무에게도 눈길을 주지 않고 바로 교실을
나가고 말았다.

가방을 집어 들었을 때는 이미 오후 수업을 빼먹기로
작정했다. 어차피 4교시도 수업을 듣지 못했으니 별 차
이 없을 것이다.

그런데 유우카는 어디로 가 버린 걸까.

신발장에서 구두로 갈아 신은 뒤 미나는 문득 궁금해
져 유우카의 신발 칸을 들여다보았다. 그 안에는 구두가
아니라 실내화가 들어 있었다. 그렇다면…….

유우카는 이미 집에 갔다는 이야기다. 가방도 교실에

두고, 미나에게 한마디 말도 없이.

어째서?

도무지 이해가 되지 않았다.

잰걸음으로 학교에서 나와 미나는 다시 유우카에게 휴대전화를 걸었지만 받지 않았다. 유우카네 집으로 찾아가 볼까 하는 생각도 했지만 유우카네 어머니가 계실 것이다. 지금은 수업 시간이고 유우카가 집에 아직 도착하지 않았다면 골치 아파질 수도 있다.

어쩔 수 없어 정처 없이 동네를 어슬렁어슬렁 걸었다.

이젠 너무도 익숙한 풍경들이 펼쳐졌다. 보면 볼수록 지겹다.

게다가 하늘을 덮었던 구름마저 걷혀 해가 고개를 내밀었다. 큰일이다. 얼굴이 햇볕에 탄다. 두루 마음에 들지 않는 얼굴에서 그나마 흰 피부가 유일한 장점이라고 생각하는데. 참 운 나쁜 날이다.

그렇지만 바로 집으로 가고 싶지는 않았다.

여름방학 동안에는 유우카가 자주 놀러와 주었다. 둘이 재잘거리며 지냈던 만큼 새 학기가 시작되자 혼자 지내는 시간은 너무 조용했다. 일주일에 두 번 와 주시는 도우미 아주머니도 9월부터는 보이지 않았다. 그래서 거실이나 주방이 지저분해졌다.

차고에 있던 벤츠 승용차도 여름이 지나고 사라졌다. 미나의 가정교사도 더는 오지 않게 되었다. 이따금 엄마를 찾아오던 화장품 회사 언니도, 백화점 아저씨도 요즘은 통 들르지 않는다.

아빠 회사가 위태롭다. 그쯤은 미나도 알지만 요즘 들어 더 힘들어진 모양이다. 엄마나 아빠나 야윈 얼굴로 쉬는 날에도 회사에 나갔다가 밤늦도록 돌아오지 않는 날이 늘었다. 술에 취한 아빠가 불황이니 죽겠다느니 하는 말을 입에 올리는 것도 들었다.

"그렇지만 설사 회사가 망한다고 해도 이 집은 엄마 명의로 바꿔 두었으니까 쫓겨날 일은 없어. 너는 쓸데없는 걱정하지 마."

미나는 엄마 말을 믿고 될 수 있으면 걱정하지 않으려고 했다. 학교에서는 고민하고 싶지 않은 것들을 머릿속에서 떨쳐 내려고 하찮은 일로도 깔깔거리며 시간을 보내기가 그다지 어렵지 않다.

그렇지만 혼자일 때는 힘들다.

그래서 미나는 유우카가 부러웠다. 엄마가 늘 집에 있
다. 아침부터 밤까지. 혼자서 집을 봐야 할 일이 없다. 게
다가 유우카는 미나에겐 없는 '형제'까지 생겼다. 마시멜
로처럼 포동포동한 동생.

왜 숨긴 걸까? 가르쳐 주었다면 더 일찍 축하했을 텐
데. 나도 내 동생처럼 여기며 함께 예뻐해 줄 텐데.

미나는 입술을 꼭 깨물고 땅바닥을 툭툭 찼다. 될 수
있으면 사람들이 많이 다니는 길로, 시끌시끌한 쪽으로
걷다 보니 어느새 낯선 거리에 와 있었다. 30분쯤 걸은
걸까? 머리를 감고 헤어드라이어로 정성껏 손질한 앞머
리가 축축하게 젖었다.

숨이 차서 호흡을 가다듬으며 이마의 땀을 닦으려고
가방 안을 들여다보았다. 미나에게 기운을 불어넣어 주
는 행운의 색깔, 노란색 손수건. 하지만 그 손수건을 꺼
내기 직전에 휴대전화 착신음이 울렸다.

유우카가 건 전화였다.

바로 기분이 좋아졌다.

"유우카?"

전화를 받자마자 미나는 말을 쏟아 냈다.

"왜 먼저 갔어? 놀랐잖아. 갑자기 없어져서. 뭐 됐고.
지금 어디니? 사실 나도 지금……."

"미나야."

그렇지만 유우카는 미나의 말을 자르고 입을 열었다.

"나 다시는 널 믿지 않을 거야."

갑자기 전파가 꼬인 것처럼 유우카의 목소리가 아득히
멀게 들렸다.

그건 여름방학 동안 내내 함께 지낸 유우카의 목소리
가 아니었다. 몇 시간 전에 나란히 앉아 운동장 땅바닥을
스케치하던 친구의 목소리도 아니었다.

다시는 널 믿지 않을 거야.

그 또렷한 목소리를 머릿속으로 되뇌며 미나는 저도
모르게 피식 웃었다.

"무슨 소리를 하는 거야?"

미나는 웃으면서 자기가 생각해도 의외의 말을 내뱉고

있었다.

"유우카, 넌 처음부터 날 믿지 않았던 거 아니니?"

"뭐?"

"그래서 네 동생이 생겼다는 이야기도 해 주지 않았잖아. 다른 애들이 알게 될까 봐."

유우카의 숨소리가 거칠어졌다. 정확하게 지적했다는 사실을 인정하는 침묵. 여느 때와 다른 점은 상황이 나빠지면 입을 다무는 유우카가 뜻밖에 반격을 했다는 사실이다.

"맞아, 그럴지도 몰라. 난 유리창을 깬 사람도 너일지 모른다고 생각했었고."

"유리창?"

"그날은 우리 함께 하교하지 않았어. 넌 사회 선생님에게 불려 갔었고…… 뭔지 모르지만 좋지 않은 말을 듣고 화가 나서 축구공을 걷어찬 게 아닐까 생각했지."

"그건……."

대꾸를 하려고 미나가 입을 열었다. 하지만 말이 나오지 않았다.

유우카가 그렇게 오래전부터 나를 의심했다니. 그런 생각이 들자 말문이 막혔다. 가라앉는 기분이 들었다. 발 아래 땅이 푹 꺼져 끝없이 떨어지는 듯한 느낌.

"아, 그래."

이 한마디만 남기고 미나는 전화를 끊었다.

끊은 쪽은 자기인데 몸 어딘가가 잘라져 나간 기분이 들었다.

사납게 내리쬐는 햇볕을 받으며 미나는 다시 걷기 시작했다. 이제 얼굴이 타는 것도 두렵지 않았다. 자꾸만 솟아오르는 눈물을 애써 참았다.

잠깐 편의점에 들른 것은 목이 말라서였다. 편의점 문 앞에 기타미2중 교복을 입은 선배들이 모여 있었지만 미나는 아랑곳하지 않고 다가갔다.

선배는 모두 다섯 명. 남학생 두 명에 여학생 세 명. 다섯 명의 얼굴이 보이는 곳에 이르자 미나는 깜짝 놀랐다. 좋아하는 하야토 선배가 있었기 때문이다.

머리를 갈색으로 탈색하고 늘 여러 명을 부하처럼 거

느리고 다니는 하야토 선배는 눈매가 날카로워 무섭지만 멋지다. '태풍일과'의 존과 조금 닮았다.

미나는 잔뜩 긴장해 쭈뼛거리며 선배들 앞을 지나가려고 했다.

하지만 편의점 자동문이 열리기 직전에 하야토 선배가 돌아보았다.

"어―, 우리 학교 교복이잖아?"

미나는 딱 멈춰 섰다.

"1학년?"

"예."

"못써, 수업 빼먹으면."

"예, 잘못했습니다."

자기들도 뭐라고 나무랄 상황은 아니다. 불량해 보이는 선배들의 시선을 받자 미나는 목이 더 말랐다. 동시에 저 하야토 선배와 말을 나누었다는 생각에 마음이 들떴다.

"1학년 A반? B반?"

"A반이에요."

클래스메이트 · 1학기

"그럼 하마쿠라 아리스와 같은 반이네."

"예."

"걔 아직 처녀니?"

엑? 표정이 굳어진 미나를 보며 하야토 선배는 큰 소리로 웃었다.

미나는 하야토가 비웃었다는 사실보다 아리스 이름이 나왔다는 데에 더 충격을 받았다. 혼혈이라는 걸 내세우며 잘난 척하는 아리스. 헤어스타일이나 패션에 신경 쓰지 않아도 남학생들에게 인기를 모으는 그 애가 미나는 너무 싫었다.

"처녀인지 아닌지는 모르지만."

미나는 입에서 나오는 대로 내뱉었다.

"그 애는 속이 시커멓죠."

순간 하야토 선배는 멍한 표정을 짓다가 '으하하' 하고 크게 웃었다. 이번엔 다른 선배들도 덩달아 웃었다.

"뭐야, 너. 재미있네. 되게 시니컬한데."

'마음에 들었어' 하며 하야토 선배는 미나의 머리에 손을 얹었다.

"지금 우린 선배 집에 갈 건데 너도 갈래, 꼬마야?"

뜻밖의 말이었다. 그런데 선배는 누굴까? 꼬마라고? 내가? 영문을 모르겠다. 두렵다. 하지만 따라가고 싶다. 이대로 혼자 있고 싶지는 않았다.

두 가지 감정 사이를 오락가락하다가 미나는 마침내 '네'라고 대답했다. 달리 갈 곳도 없기 때문이다.

"좋았어. 그럼 렛츠 고."

선배들 뒤를 따라 걷기 시작한 미나는 조금 전과는 다른 기분이었다.

하늘은 움직이지만 땅은 움직이지 않는다. 레이미가 이렇게 말했다. 하지만 그렇지 않다. 땅도 움직인다. 흔들린다. 허물어진다. 늘 변치 않는 건 이 세상에 하나도 없다.

그런 흔들림을 느끼며 미나는 물에 떠내려가듯 걸음을 옮겼다.

11.
슬픈 일들을 슬퍼한다

게이타로

　게이타로는 하루를 매일 아침 7시 20분에 시작한다.

　잠이 덜 깬 눈을 비비면서 자명종 시계 알람을 끄고 옷을 입은 다음 책가방을 싼다. 등교 준비를 마칠 때쯤이면 아버지의 단골 메뉴, 달걀프라이 토스트가 준비되어 있을 것이다. 게이타로가 그걸 반쯤 먹을 무렵이면 동생인 유지로가 일어난다. 일 때문에 늦게 잠이 든 어머니만 아직 잠자리에 있다.

　이런 아침 풍경은 4월부터 변함이 없다.

　딱 한 가지, 올여름부터 게이타로에게는 새로운 습관

이 생겼다.

두 번째 토스트를 입에 넣으며 신문을 읽는 일이었다.

기사를 다 읽지는 않는다. 그럴 시간도 없고 끈기도 없는 게이타로가 읽는 기사는 세상이 지금 어떻게 돌아가고 있는지 알려 주는 페이지뿐이다. 거기에는 수많은 비극이 실려 있다. 전쟁, 굶주림, 전염병, 살인. 날이면 날마다 세상 어디선가 터무니없이 끔찍한 일들이 일어나 희생당하는 사람들이 있다.

"그런 일들은 우리나라에서는 제대로 알 수 없어. 하지만 실제로 일어나는 일들이기 때문에 모르면 안 되겠다는 생각이 든다는 거지. 신문은 그걸 위해 있는 거니까."

약 두 달 전, 이런 소리를 하며 게이타로를 깜짝 놀라게 만든 사람은 히로였다.

히로가 그런 생각을 하고 있었나? 신문은 어른들이나 읽는 것 아닌가?

깜짝 놀라면서도 게이타로는 히로에게 말했다.

"그렇지만 말이야, 그걸 알아도 할 수 있는 일이 없잖아. 세상 어디선가 슬픈 일이 일어나고 있다는 사실은 알지만 우린 아직 중학생이고 아무 힘도 없어."

"맞아. 아무것도 할 수 없어."

힘주어 고개를 끄덕인 뒤 히로는 속눈썹이 맞닿을 만큼 눈을 가늘게 뜨고 부끄럽다는 듯 덧붙였다.

"그렇지만 난 역시 슬픈 일을 슬퍼한다는 건 중요하다고 생각해."

그 뒤로 게이타로가 매일 신문을 읽게 되었다.

앞에서는 이야기하지 못하지만 게이타로는 늘 히로가 대단한 친구라고 생각하며 존경한다. 머리도 좋고 운동도 잘하고 얼굴도 잘생겼고 다른 중학생들은 생각도 못하는 걸 고민한다. 그러면서도 전혀 잘난 척하지 않는다. 흠잡을 데가 없다.

아, 굳이 한 가지 흠을 잡자면 '아주 성가시다'는 점일지도 모른다.

"다녀오겠습니다."

침실을 향해 어머니에게 말하고 그날도 게이타로는 8시 정각에 집을 나섰다.

게이타로네 집에서 학교까지는 걸어서 20분. 도중에

교통량이 많은 큰길을 건넌다. 그 횡단보도 건너편 신호등 아래서 우연히 히로와 마주쳤다.

약속은 하지 않았지만 언제부터인지 히로가 동아리 아침 연습이 없는 날이면 함께 등교하게 되었다.

"안녕?"

"잘 잤어?"

아침 햇살을 받은 히로의 웃는 얼굴은 언제 보아도 상큼하다. 반짝반짝 빛나는 눈동자. 발그레 물든 뺨. 여자애들이 반하는 이유도 알 것만 같다.

하지만 둘이 나란히 걷기 시작하면 히로 입에서는 대개 얼굴과는 전혀 달리 상쾌하지 않은 목소리가 흘러나온다.

"저어, 게이타로. 타보 말이야……."

아무래도 오늘은 타보가 문제인 모양이다.

"타보는 기타미초등학교 출신도 아니고 하라초등학교 출신도 아니잖아. 우리 반에 그 두 초등학교를 나오지 않은 애는 타보뿐이야. 그래서 가만히 생각해 보았는데 타보가 어느 초등학교에서 왔는지도 몰라……. 처음에 자기소개를 할 때도 타보는 어느 초등학교 출신인지 말하지 않았잖아?"

"그런가?"

"그럼. 그래서 내가 타보에게 물어본 적이 있었거든. 우리 학교에 오기 전에 어디 살았느냐고. 그런데 그 녀석 실실 웃기만 하지 대답을 않는 거야."

"음. 그렇지만 타보는 학교 바로 옆에 사는데."

"그래. 그 하얀색 아파트. 그런데 하라초등학교 출신이 아니야. 그건 아주 최근에 이사를 왔기 때문이라고 생각해."

"담임 선생님은 알지 않을까?"

"나도 그렇게 생각하고 여쭤보았는데 선생님도 타보가 스스로 밝히지 않았다면……, 하면서 말을 흐리면서 알려 주지 않으셨어. 뭔가 있나?"

타보는 어디서 왔을까? 왜 그걸 숨기지? 별로 친하지 않은 타보 때문에 히로는 심각하게 고민했다.

늘 이런 식이었다. 히로가 한숨을 내쉬지 않는 아침은 없다. 히로는 타보뿐만 아니라 1학년 A반 아이들 모두를 걱정하지 못해 안달이다.

이유를 알 수 없지만 계속 학교에 나오지 않는 다마치 가호.

마음에 들지 않는 일이 있으면 바로 화를 내며 교실을 박차고 나가는 곤도 신야.

미화위원이면서 제 역할은 전혀 하지 않고, 아예 본인 이 가장 지저분한 이타루.

지금까지 클래스메이트를 두고 히로가 고민한 일은 헤아릴 수 없다. 왜 히로가 1학년 A반을 휘젓는 문제아들 때문에 일일이 애를 태워야 하는 걸까?

전에 게이타로가 그걸 물어본 적이 있다. 히로의 대답 은 명쾌했다.

"그야 난 반장이니까. 우리 반의 평화를 지키는 게 내 역할이고 우리 반이 하나로 뭉치게 할 책임이 있어. 다마 치 가호가 학교에 나오지 않는 시점에 이미 반장 자격이 없는 건지도 모르지만."

요즘 세상에 이렇게 사명감에 불타오르는 반장이 있다니.

역시 다르구나. 게이타로는 새삼 히로를 다시 보았다. 하지만 한편으로는 역시 성가신 면도 있다고 속으로 중얼거렸다.

1학년 A반에서 무슨 일이 일어날 때마다 히로는 마치 자기가 잘못한 것처럼 그걸 짊어진다. 그 무게 때문에 늘 한숨을 푹푹 쉰다. 클래스메이트들은 그 노력을 알아주지도 않는데.

그렇다. 히로가 힘없는 목소리로 걱정을 늘어놓는 사람은 게이타로뿐. 다른 아이들 앞에서는 그렇지 않은 척하거나 늘 미소 지으며 서글서글한 반장 모습만 보여 주려고 한다.

학교 교문을 지나 교실이 가까워지자 히로는 말수가 줄어들었다. 등을 쭉 펴는 것 같았다. 그리고 언제 누가 '안녕?' 하고 인사를 건네도 바로 웃으며 인사할 준비를 갖추었다.

완전히 변신하는 것은 1학년 A반 교실에 도착했을 때다.

교실 문에 손을 뻗으며 히로는 늘 잠깐 멈춰 섰다. 그리고 발아래를 내려다보며 후우, 하고 살짝 숨을 내쉰 다음 힘차게 문을 연다.

"얘들아, 안녕?"

왕자님 납시었다는 듯 얼굴 가득 미소를 지으며.

"아, 히로. 안녕?"

"안녕?"

"반장, 안녕?"

교실 여기저기서 튀어나오는 목소리에 히로는 일일이 '안녕?', '안녕?' '안녕?' 하고 인사를 받으며 자기 자리로 길쭉한 다리를 옮긴다. 마치 후광이 비치는 듯하다. '얘들아, 이 교실에 없던 아침 햇살을 내가 끌고 왔단다' 라고 하듯이. 하지만—.

이날은 자리에 앉기 전에 그 빛이 사라졌다.

창가에 있는 자기 자리로 가던 히로가 걸음을 멈췄다. 그리고 그 자리에 얼어붙었다. 멈춰 선 그 뒷모습에서 히로의 동요가 전해졌다.

무슨 일이지?

히로의 시선이 향한 곳을 본 게이타로는 앞에서 두 번

째 줄에 앉은 고니시 미나를 보고 깜짝 놀랐다.

미나의 머리카락이 10엔짜리 동전처럼 짙은 갈색으로 물들어 있었다.

보름 전쯤부터 단짝이던 야마가타 유우카와 사이가 벌어져 늘 혼자 있게 된 고니시 미나의 생각도 못한 변화. 이건 아마, 아니 틀림없이 성가신 문제가 될 것이다.

게이타로의 예감은 적중했다. 그날 조례가 끝난 뒤 미나는 교무실로 불려 갔다. 히로는 재빨리 담임 선생님이 뭐라고 했는지 알아보러 갔다. 그 뒤로 히로는 종일 한숨을 푹푹 내쉬었다.

"선생님 말씀으로는 미나와 유우카가 다툰 일 때문만은 아니고 다른 여러 가지 사정이 있는 것 같대. 더 안 좋아진 것 같다고 하셔. 그렇지만 무슨 일이 있었는지 물어도 대답을 않는대. 유우카와 싸운 이유도 모르겠다고 하시고."

"선생님은 미나가 심지가 굳은 아이라서 괜찮을 거라면서 머리카락도 다시 검은색으로 되돌리기로 약속했다

고 하시는데 글쎄. 선생님은 기본적으로 모든 걸 좋게 보
는 분이라 좋기는 한데 학생들도 그저 다 좋을 거라고 믿
는 구석도 있어."

"난 미나가 걱정스럽네. 유우카는 미나와 멀어진 뒤에
도 치즈루 같은 애들과 가까워져 잘 지내는 모양인데 미
나는 외톨이가 되었다고나 할까? 다른 애들을 거부하는
느낌이 들어. 게다가 얼마 전에 미나가 좀 질 나쁜 2학년
선배들과 함께 있는 걸 마코토가 보았다고 하던데."

신경을 쓰기 시작하면 한없이 신경 쓴다. 끝도 없이 다
람쥐 쳇바퀴 돌 듯 멈추지 않는다. 히로가 그러는 모습을
보는 건 드문 일이 아니다.

드문 일은 이번에는 게이타로가 속이 부글부글 끓었다
는 점이었다. 여느 때 같으면 게이타로가 대충 들으며 맞
장구를 치기도 하면서 대수롭지 않게 받아넘겼는데 이날
은 그러지 못했다.

고니시 미나는 1학년 A반에서 유일하게 게이타로가
마음에 들지 않는 클래스메이트였다. 아무래도 생각이
너무 가벼운 것 같고 늘 쓸데없이 소란을 떠는데다가 말

도 험하게 한다. 듣는 사람이 상처 입을 만한 말을 아무렇지도 않게 한다. 게이타로도 전에 다른 아이들 앞에서 '넌 히로 똘마니야'라는 모욕을 당한 적도 있다. 그런 애때문에 걱정하는 히로의 마음을 이해할 수 없었다.

아니— 가만히 들어 보면 히로는 미나 때문에 걱정하는 게 아닌 것 같다. 그게 게이타로를 더 짜증 나게 만드는 것이다.

"요즘 자꾸만 A반과 B반 사이에 차이가 벌어지는 것 같다는 생각이 들어. B반은 담임이 무서우니까 다들 긴장하잖아? 그런데 우리 반은 학교에 나오지 않는 애도 있고, 머리를 물들이는 애도 있고, 책상에서 고약한 냄새도 나고. 이건 역시 반장 책임이겠지?"

"요즘 유카에게 자주 그런 말을 들었어. 더 확실하게 우리 반을 단속하라고. 이제 이타루가 방귀를 뀌어도 내탓을 하니. 안 그래도 힘든데 미나까지 삐딱하게 나가거나 하면 어휴……."

"B반 오가와 녀석은 말이야, 학생기록부 때문에 반장을 한다고 학원에서 아주 대놓고 떠들어. 자기 반에 대해

217

서는 아무런 생각도 하지 않지. 그렇지만 반장 실적으로만 따지면 역시 나보다 오가와가 낫다고 여겨질 거야. 이대로 가다가는 2학기에 내가 다시 반장이 되지 못할지도 모르겠어."

오전 수업이 끝나고 급식도 마친 다음 점심시간이 끝나 5교시에는 과학실로 이동했다. 거기서도 히로는 계속 성가시게 굴었다.

자석을 이용한 실험을 하면서도 쇳가루의 모습을 그리는 게이타로 옆에 바짝 달라붙어 귓가에 대고 계속 투덜거렸다.

너무 달라붙다 보니 히로의 팔꿈치가 팔에 닿아 손이 어긋났다. 공책 위에 찌익 쓸데없는 선이 그어지고 말았다.

"에이 좀."

게이타로는 중학교에 들어와 처음으로 히로에게 화를 냈다.

"됐어. 히로, 그만 좀 해."

"뭐?"

"이제 듣고 싶지 않다고."

"뭐?"

"이러쿵저러쿵하지만 넌 결국 너 자신이 걱정이 되는 거잖아."

"뭐?"

"사실은 다른 애들 걱정보다 네 자부심이나 체면 같은 게 더 중요한 거 아니야?"

뭐? 히로가 되물을 때마다 소리가 커지더니 나중에는 흥분했는지 목소리가 커졌다.

"야, 거기. 잡담하지 마, 게이타로."

바로 선생님이 야단치셨다. 목소리를 낮추고 계속 말을 건 사람은 히로인데 야단은 게이타로만 맞은 셈이었다. 늘 이런 식이야, 하는 생각이 들었다. 어차피 다른 사람들이 보기에는 오늘 하루 종일 나를 따라다니던 히로보다 내가 똘마니로 비칠 것이다.

게이타로는 표정을 잃은 히로의 얼굴에서 시선을 거두어 다시 공책을 들여다보았다. 찍 그어진 선을 지우기 위해 힘껏 지우개질을 하자 그때까지 그린 쇳가루의 모습까지 함께 지워지고 말았다.

　게이타로와 히로는 과학실에서 따로따로 교실로 돌아왔다. 청소 시간에도 두 사람은 이야기를 나누지 않았다. 화가 났는지 마음에 상처를 입었는지 히로는 그 뒤로 아무 말도 없었고 게이타로와 눈도 마주치지 않았다.

　거북한 상태에서 방과 후를 맞이한 게이타로는 해서는 안 될 말을 하고 만 것 같다는 생각도 들면서 한편으로는 말해 버려 속이 후련하기도 한 복잡한 심정으로 집으로 돌아갔다.

　동아리 활동을 하지 않는 게이타로는 방과 후 집에 도착하면 일단 가방을 내려놓고 바로 근처 슈퍼마켓으로 장을 보러 나간다. 어머니는 매일 전철 막차를 타고 돌아오고, 회사원인 아버지도 귀가 시간이 일정하지 않아 초등학교 5학년 때부터 저녁 식사 준비는 장남인 게이타로 담당이었다.

　메뉴는 주말마다 어머니와 의논해 짰다.

　오늘 저녁 메인은 치킨 버터간장구이. 게이타로는 슈

퍼마켓 정육 코너에서 세일하는 허벅지살을 사고 채소 코너에서 샐러드용 토마토와 상추를 골랐다. 된장국에 넣을 건더기로는 두부와 미역. 어머니는 동일본 대지진 이후 무엇을 고르건 생산지를 확인하라고 하셨다.

슈퍼마켓에서 돌아오는 길에 곤도주류상점에 들렀다. 어머니가 에너지원으로 여기는 맥주가 떨어졌기 때문이다. 미성년자에게는 술을 팔지 않는 술 가게가 많지만 곤도주류상점은 옛날부터 단골이라 교복을 입은 게이타로에게도 '엄마 심부름 왔구나, 수고하네' 하고 웃으며 맞이한다.

아는 얼굴과 딱 마주친 것은 그 매장 안에서였다.

찬 맥주가 있는 냉장고 쪽으로 가던 게이타로는 냉장고 유리문을 여는 갈색 머리카락 여자아이를 발견했다.

고니시 미나였다. 하필.

미나는 냉장고에서 긴 사이즈 츄하이 2캔을 꺼내 품에 안는 중이었다. 비어 있는 다른 손으로 유리문을 닫고 빙글 돌아섰다. 그 눈이 뒤에 서 있던 게이타로의 눈과 딱 마주쳤다.

"어머."

미나의 반응은 노골적이었다. 얼굴을 찌푸리며 츄하이 캔을 떨어뜨릴 뻔했다. 하지만 겨우 자세를 가다듬은 미나는 바로 태도를 바꾸었다.

"너 뭐 하는 거니?"

자기가 뭐 하는지는 생각도 않고 오히려 게이타로를 노려보았다.

"어머니 맥주."

게이타로가 짧게 대꾸했다.

"어머니……? 아, 나도 선배."

바로 목소리도 바뀌었다.

"그래, 맞아. 이거 선배 거야. 내가 마실 거 아니야."

"선배?"

"이건 선배 줄 거야. 미리 이야기해 두지만 히로에게 쓸데없는 이야기하지 마. 그 자식은 성가시니까."

마지막 한마디가 게이타로의 마음에 걸렸다.

성가시다니, 뭐야? 아무것도 모르면서. 히로가 얼마나 성가신지는 나밖에 모를 텐데. 오늘 하루 종일 히로가 얼마나 네 걱정을 했는데.

"말하지 않아, 아무에게도."

얼른 나가는 미나에게 게이타로는 발끈해서 내뱉었다.

"네가 어떻게 되건 나하곤 아무 상관없으니까."

말하고 보니 생각보다 싸늘한 느낌이 들었다. 아주 잠깐 미나의 걸음이 휘청거린 듯했다. 하지만 이내 뒤도 돌아보지 않고 계산대 쪽으로 걸음을 서둘렀다.

지갑을 여는 미나의 뒷모습에서 시선을 거두고 냉장고를 열자 한겨울 같은 냉기가 밀려 나와 가슴이 서늘해졌다.

요리는 그런대로 잘 되었다. 신경 써서 구운 보람이 있어 치킨은 바삭하고 냄새가 좋았다. 소스도 아주 맛있다고 아버지와 유지로가 칭찬해 주었다. 실제로 닭을 구울 때 나온 육즙을 이용해 버터와 간장을 섞은 소스는 신경 써서 만들었다. 그런데 게이타로는 맛을 느낄 수 없었다.

설거지 담당 유지로가 그릇을 닦는 동안 게이타로는 창가 소파에 앉아 석간신문을 펼쳤다. 두 달 전부터 시작된 일과였다. 석간에도 세계의 '지금'이 실려 있다. 어느 나라에선가 뭔가 슬픈 일이 일어나고 있다. 그런데 오늘의 게이타로는 그 슬픔을 제대로 느낄 수 없었다.

그야 그렇겠지……

지면을 가득 메운 작은 활자들 가운데 가장 작은 활자가 된 기분이었다. 매일 얼굴을 보는 클래스메이트마저 '어떻게 되건 상관없다'고 하면서 알지도 못하는 외국인의 슬픔을 진심으로 함께 느낄 수 있을 리 없다.

히로라면 어떻게 느낄까. 히로는 설사 자기가 힘이 들 때도 세상일은 세상일대로 제대로 슬퍼하겠지. 지금도 히로는 아마, 아니 틀림없이, 세상 어디선가 일어난 슬픈 일을 슬퍼하고 있을 거다. 그건 히로가 반장이기 때문이 아니다. 자부심이나 체면 때문이 아니다—

여느 때 같으면 눈을 감고 5초 안에 잠이 들던 게이타로도 이날 밤만은 잠을 이루지 못했다. 내일 히로에게 어떻게 사과해야 할지, 미나 이야기를 어떻게 해야 할지, 침대 위에서 이리저리 고민했다. 그래 봤자 겨우 15분쯤이었을 뿐이지만.

마음을 무겁게 누르는 돌덩어리를 밀어내려고 몇 번이나 몸을 뒤척이다 보니 하루 종일 다른 아이들 걱정만 하는 히로에게 아주 조금 가까이 다가간 기분이 들었다.

12.
치열한 가위바위보

타보

타보는 매일 아침 8시 5분에 하루를 시작한다.

사실은 더 늦게 시작하고 싶다. 조금만 더 자고 싶다. 그렇지만 더 자면 중요한 아침밥을 놓치게 된다.

예를 들어 8시 5분에 일어나도 아침 식사에 걸리는 시간은 기껏해야 몇 분이다. 그 짧은 시간에 타보는 고봉으로 담은 밥을 두 그릇 해치우고 반찬도 깨끗하게 비운다. 배가 불룩하게 부른 다음에야 '아, 이제 하루를 시작해도 되겠구나' 하는 기분이 든다.

그다음은 시간과의 싸움이다. 후다닥 이를 닦고, 후다

닥 교복으로 갈아입고, 후다닥 가방을 챙겨 운이 좋으면 8시 18분에 집을 나선다.

"다녀오겠습니다."

이날 타보는 운이 좋았다. 모든 일이 술술 풀려 8시 17분에는 현관을 나섰고 8시 18분에는 교문을 지났다.

타보가 사는 아파트는 지금 다니는 중학교 바로 옆, 걸어서 1분 걸리는 기막힌 위치다. 여름에는 그 얼마 안 되는 거리에도 땀이 났지만 요즘 들어 셔츠가 젖지 않게 되었다.

"안녕, 타보?"

"안녕? 오늘은 여유 있네."

교실에 일과 시작을 알리는 차임벨이 울려 퍼지는 시각은 8시 20분. 보기 드물게 타보가 그 전에 1학년 A반 교실에 들어서자 뒤쪽에 모여 있던 소타, 신페이, 신야, 하세칸 4인조가 말을 걸어왔다.

"그런데 오늘 급식 메뉴는 뭐냐?"

"디저트는 뭐지?"

이 네 명은 타보를 '걸어 다니는 메뉴판'으로 여기는지 대뜸 물었다.

"으음, 그러니까……."

급식 메뉴는 하루 전에 미리 확인해 완벽하게 암기한다. 숙제는 까먹어도 메뉴를 까먹는 실수는 하지 않는다.

하지만 오늘 타보는 잠깐 대답을 망설였다.

일부러 뜸을 들였다고 해도 틀린 말은 아니다.

"오늘은 톳을 넣은 영양밥, 고로케와 달걀국. 그리고……."

타보는 여기서 뜸을 들이며 신페이를 제외한 나머지 세 명의 표정을 살폈다.

"디저트는 애플케이크!"

와아. 하세칸이 주먹을 불끈 쥐었다.

좋았어. 신야도 의욕을 보였다.

단것을 잘 먹지 못하는 소타는 이렇다 할 표정 변화가 없었다.

일단 라이벌은 하세칸과 신야가 되리라.

"오늘은 가위바위보 배틀이 치열하겠군."

신페이가 말했다. 타보는 속으로 결석한 학생의 급식

을 둘러싼 치열한 싸움이 이미 시작되었다고 생각했다. 남은 애플케이크를 노리는 클래스메이트 가운데 가위바위보 배틀에서 승리해 오늘 최고의 행운을 차지할 사람은 누굴까? 아니— 그 전에 오늘은 몇 명이 결석해 애플케이크가 몇 개 남을까?

조례가 시작되자 타보는 학교에 오지 않은 사람이 몇 명인지 살폈다. 다마치 가호는 오늘도 보이지 않는다. 그러니 애플케이크 하나는 확실하게 남는다. 그리고 오늘은 빈자리가 하나 더 보였다.

얏호, 애플케이크 두 개 확보.

"마에카와 리쿠가 감기 기운이 있어서 오늘은 등교하지 못한답니다. 환절기라 감기가 유행하니 다들 조심하도록."

오늘은 담임이 말수가 적다. 괜한 생각인가? 이야기도 다른 곳으로 빠지지 않고 필요한 사항만 전달하고 바로 교무실로 갔다.

그런데 담임이 담당하는 1교시 영어 시간에는 10분이나 늦게 교실에 들어왔다.

"미안. 급한 일이 있어서."

오로지 애플케이크만 생각하던 타보에게는 수업이 시작되건 말건 별 차이가 없다. 선생님이 아무리 교과서를 낭독해도 '애플'과 '케이크'를 제외한 영어 단어는 머리에 들어오지 않는다.

도쿄에 있는 중학교에 와서 뭐가 좋은가 하면, 급식 메뉴가 풍부하고 세련되었다는 점이다. 특히 기타미2중은 급식에 신경을 많이 쓰는지 영양사 선생님은 학생들 건강만이 아니라 가슴 설렘을 중요하게 여기는 모양이다. 카레우동. 멘치카쓰 덮밥. 중국식 영양볶음밥. 입학하고 처음 메뉴를 보았을 때 타보는 감동한 나머지 사진을 찍어 엄마에게 보냈을 정도다.

하지만 아쉽게도 디저트는 좀 아니다. 아무래도 메인이 아니라는 듯이 통조림 과일 같은 것이 조금 나올 뿐이다. 가끔 젤리나 푸딩이 나오기는 하지만 설탕을 많이 넣지 않았는지 제맛이 나지 않았다.

그런데 두 달에 한 번쯤 나오는 애플케이크만은 제대로 단맛이 나는 그럴듯한 디저트였다.

당연히 그런 날은 가위바위보 배틀이 치열해진다. 안 그래도 한창 식욕이 왕성한 중학교 1학년. 주기만 하면 뭐든 곱빼기로 먹고 싶은 나이다.

그 가운데 매번 빠지지 않고 배틀에 참전하는 것은 신야, 하세칸, 이타루. 이 세 명이다. 가리는 음식이 많은 소타는 메뉴에 따라 라이벌이 된다.

게다가 요즘은 류야도 단골이 되어 가고 있다. 생각지도 못하게 수영부에 들어가더니 그 뒤로 배가 고픈지 엄청나게 먹기 시작했다.

여자애들 가운데 이름을 꼽자면 우선 마쓰바라 고노미와 네기시 히나코. 이 두 명은 일단 잘 먹는다. 인기 메뉴가 나오는 날이면 스즈키 레이미나 다키가와 리오, 야베 마코토, 고니시 미나 같은 애들이 변덕이 나면 참전할 때도 있다.

과연 오늘 승리의 영광을 차지할 사람은 누구일까?

유창하게 영어로 말하는 후지타 선생은 아랑곳하지 않고 타보는 라이벌 후보들의 얼굴을 하나하나 살폈다. 곤도. 하세칸. 이타루. 류야. 고노짱. 히나코. 레이미. 리오.

마코토. 미나—.

무심코 등을 쭉 편 것은 마지막 한 명을 보았을 때였다.

"헉."

비스듬한 앞자리, 창문 가까운 쪽에 햇살을 등지고 턱을 괸 미나의 모습. 어제까지만 해도 새카맣던 머리카락을 메밀국수처럼 갈색으로 물들였다는 사실을 비로소 깨달았다.

그러고 보니 아침부터 교실 분위기가 왠지 심상치 않다는 느낌이 들었다. 조례 때 교단에 섰던 담임이 20초쯤 아무 말도 하지 않고 멍하니 서 있었을 때도 이상하다는 생각이 들었다. 1교시 수업 시작이 늦어진 것도 후지타 선생답지 않은 일이었다.

모든 원인은 저 갈색 머리카락이었나……?

애플케이크에 정신이 팔려 저렇게 눈에 띄는 클래스메이트의 변화를 알아차리지 못한 둔감한 자신이 어처구니없었다.

원래 타보는 여자애들 대부분과 서먹한 편이다. 머릿

속을 급식 생각이 90퍼센트 차지한다면 여자는 3퍼센트 이하. 같은 교실에서 지내지만 남자와 여자는 다른 세상을 사는 다른 존재라는 느낌이 늘 들었다. 예를 들어 남자가 석기시대 사람이라면 여자는 철기시대 사람 같았다. 한 발 먼저 쇠로 만든 도구로 벼농사를 짓는 듯한.

타보는 즐거운 학교생활이란 이처럼 큰 차이가 나는 여자애들과 억지로 사이좋게 지내는 게 아니라 남자는 남자끼리 석기시대 사람답게 살아가는 것이라고 생각한다.

다행스럽게도 1학년 A반에는 아주 짓궂거나 거친 녀석은 없다. 그것만 해도 기타미2중에 초등학교 때 친구가 한 명도 없는 타보에게는 다행이었다. 가끔 몸무게 때문에 놀림을 당하거나 곤도가 장난삼아 쿡쿡 찌르는 일은 있지만 그쯤은 어디에나 있다.

가장 큰 행운은 1학년 A반에 신페이가 있다는 사실이었다.

"너 아직 어린데 메타보로구나. 소년 메타보야? 좋아, 오늘부터 널 타보라고 부르지."

입학하자마자 신페이가 큰 소리로 이렇게 선언하지 않

왔다면 틀림없이 지금쯤 타보는 다른 애들에게 '뚱보'로 불리고 있을 것이다. 의미는 같지만 불리는 처지에서는 느낌이 전혀 다르다.

게다가 신페이는 1학년 A반에서 늘 벌어지는 가위바위보 배틀의 중심인물이기도 하다. 신페이가 없으면 급식이 지금처럼 재미있지 않을 테고 타보는 자기가 활약할 수 있는 중요한 무대를 잃었을 것이다.

"가위바위보, 오늘도 결전의 시간이 다가왔구나. 불꽃 튀는 가위바위보 배틀! 남은 급식을 쟁취하려는 도전자들이여! 자, 일어서라!"

기다리고 기다리던 점심시간. 이날도 신페이는 자진해서 사회를 보았다.

"우선 오늘 남는 음식을 발표한다. 고로케와 애플케이크. 둘 다 두 개씩."

좋았어. 타보는 가슴을 쓸어내렸다. 애플케이크가 두 개 남을지 어떨지 배식을 받으면서도 가슴을 졸였다.

"우선 고로케 배틀 도전자들, 일어나 앞으로!"

배식대 앞에서 신페이가 소리쳤다.

"나."

"아, 나도."

동시에 자리에서 일어선 사람은 요시다 류야와 네기시 히나코였다.

"두 명뿐이야? 그럼 가위바위보 없이 결정되었네."

고로케가 한 개씩 바로 분배되었다. 교실 여기저기서 작은 박수 소리가 났다. 박수 치지 않는 학생들은 가위바위보는 아랑곳하지 않고 이미 점심 식사를 하는 중이다.

타보는 책상이 뱃살을 파고들 만큼 몸을 앞으로 내밀며 누구보다 열심히 박수를 쳤다. 고로케를 손에 넣은 두 사람은 이제 애플케이크 배틀에 도전할 권리가 없다. 라이벌이 줄어들었으니 크게 환영할 일이다.

"이어서 오늘의 메인이벤트! 애플케이크 배틀. 도전자는 자리에서 일어나 앞으로!"

드디어 운명의 시간.

"나!"

타보는 손을 번쩍 들며 자리에서 일어났다.

그러자 '나도', '나도' 하며 교실 여기저기서 의자 끄는 소리가 났다. 곤도, 하세칸, 이타루. 이쯤은 예상한 그대로다. 조금 늦게 고노짱도 '나도'라며 끼어들었다.

이제 도전자는 다섯 명. 제발 더는 일어서지 말아다오!

타보는 기도했지만 소용없었다. 그때 또 한 명이 천천히 일어났다.

"끄—응."

그 소리의 주인공을 돌아보고 타보는 자기 눈을 의심했다.

"노무상……."

노무라 슌고. 다들 노무상이라고 부른다. 중학교 1학년 학생이라고 보기는 이상하리만큼 아저씨 같은 얼굴인 그는 교실에 있는지 없는지 모를 만큼 조용한 존재다. 취미는 비석 순례. 반에서 둘째가라면 서러울 만큼 존재감이 옅은 노무상이 하필 이런 순간에 존재감을 드러내다니…….

뜻하지 않은 다크호스가 등장하자 도전자들은 눈빛이 바뀌었다. 이제 도전자는 여섯 명. 애플케이크는 두 개. 승률 3분의 1이라는 힘든 싸움이 되고 말았다.

"더 없어? 그러면 시작할까? 단판 승부야. 이기건 지건 군소리 없기. 도전자들, 젖 먹던 힘까지 다해서 온몸을 불살라! 그럼 가위……."

신페이의 구령에 맞춰 배식대 앞에 모인 여섯 명이 영혼을 담아 손을 내밀었다.

"바위, 보!"

"보!"

"보!"

네 번 만에 바로 승패가 갈렸다. 하세칸과 이타루가 바위, 나머지 네 명은 가위.

졌다…….

순간 타보는 눈앞이 캄캄해졌다.

"잠깐. 이타루가 또 늦게 냈어."

신페이의 판정에 간신히 살아났다.

"이타루는 실격. 나머지 다섯 명이 다시 해. 가위……."

"바위, 보!"

이번엔 한 번 만에 승부가 났다.

가위가 한 명, 나머지는 모두 보.

오동통하고 귀여운 가위를 내민 사람은 고노짱.

"일단 한 명 결정. 미스 고노미 마쓰바라, 콩그레츄레이션!"

"우와, 땡큐."

깡충깡충 뛰면서 기뻐하는 승리자를 곁눈질하며 나머지 한 개를 걸고 가위바위보 배틀이 다시 시작되었다.

"남은 애플케이크는 하나. 낭떠러지 앞에 선 도전자들, 바로 지금 사나이의 저력을 보여 줘라! 그럼 시작. 가위……."

"바위, 보!"

"보!"

"보!"

하세칸이 가위를 내고 탈락했다.

"에잇!"

결국 남은 도전자는 타보와 노무상뿐.

마음에 들지 않는 상대가 남았다. 타보는 꼬르륵 소리를 내는 배를 달래며 상대의 표정을 살폈다. 죽느냐 사느냐 하는 대결을 앞두고 있는데 그 표정에는 긴장감이 전혀 없다. 실없이 살짝 웃음을 지으며 엉덩이를 벅벅 긁었다.

방심하게 만들려는 작전일까? 아니면 그냥 느긋한 걸까?

"마침내 일대일 대결. 소년 메타보 타보와 중년 메타보 노무상. 과연 애플케이크의 여신은 누구에게 미소를 지을까! 자, 가위……."

"바위, 보!"

상대가 뭘 낼지 모른 채 타보는 힘차게 주먹을 내밀었다.

노무상은 손가락을 슬쩍 펴며 보를 냈다. 전혀 힘들이지 않은 느낌이다. 그야말로 종이 같은, 비닐 랩 같은 '보'였다.

"승자 결정! 아저씨가 여유 있게 승리! 그야말로 괜히 아저씨가 아니야! 엉클 슌고 노무라, 콩그레츄레이션!"

이리하여 타보의 전투는 끝났다.

오늘 하루가 끝난 것이나 마찬가지다.

하지만 아직 점심은 먹지도 않았다. 두 개를 확보하지는 못했어도 원래 자기 몫으로 나온 애플케이크는 있다.

깊은 실망감에 빠졌으면서도 타보는 눈 깜빡할 사이에 식판을 비우고 제일 먼저 톳 영양밥을 추가했다. 냄비에 남은 국이나 밥은 먼저 먹은 학생부터 추가로 더 주게 되어 있다.

하지만 톳 영양밥 같은 것은 아무리 먹어도 먹은 것 같지 않다. 두 번이나 추가로 밥을 받아 와 먹으면서도 타보는 어깨를 축 늘어뜨린 채 푹푹 떠먹었다.

심장 박동수가 단숨에 올라간 것은 터덜터덜 식판을 반납하러 간 배식대 앞에서 역시 식판을 반납하러 나오던 미나와 마주쳤을 때였다.

이럴 수가. 미나가 든 식판에는 아직 손도 대지 않은 애플케이크가 놓여 있었다.

포크 자국도 없는 온전한 모양의 케이크. 내가 헛것을 보는 건가? 꿈인가? 신기루인가? 하느님의 장난인가?

아무리 눈을 비비고 다시 봐도 거기에 있는 것은 틀림없는 진짜 애플케이크였다.

"뭘 빤히 보는 거야?"

당장 침을 주르륵 흘릴 것 같은 타보를 노려보며 미나
가 말했다.

"아니, 저어, 그게……."

갈색 머리의 박력에 부들부들 떨면서도 타보는 빤한
걸 물었다.

"그……, 그거, 애플케이크?"

"아―, 이거?"

다행히 미나는 빤한 대답을 하지 않고 타보의 속마음
을 알아차려 주었다.

"난 왠지 먹고 싶지 않아서. 너 먹을래?"

"뭐? 괜찮아?"

"괜찮아. 자."

고마워, 하면서 어색하게 식판을 내밀었다.

정말 착한 아이다. 타보는 감동을 먹어 찹쌀떡처럼 흰
미나의 피부를 넋을 잃고 바라보았다. 배에서 꼬르륵 소
리가 나는 일은 자주 있어도 가슴에서 찡 하는 소리가 나
기는 생전 처음이었다. 세상 모든 일에 토라진 듯한 미나

의 뾰로통한 얼굴도 타보가 보기에는 천사 같은 미소를 짓는 얼굴로 보였다.

하늘에서 내려온 갈색 머리 천사—.

엄마. 난 행복해요. 오늘도 급식은 맛있었고 우리 반 아이들은 모두 착해요. 배가 불러요. 이모가 해 주는 음식도 최고! 이곳에 온 뒤 7킬로그램이나 쪘지만 더 먹고 건강하게 지낼게요. 목표는 10킬로그램 더 살찌기! —류

두 번째 애플케이크를 다 먹은 뒤 타보는 행복에 젖어 후쿠시마에 있는 엄마에게 문자를 보냈다. 학교에서는 휴대전화 문자가 금지되어 있지만 지키는 학생은 별로 없다.

4월부터 떨어져 사는 엄마에게 문자를 보내는 일은 대개 배가 부를 때다.

도쿄로 와서 처음 사흘 동안은 어쩐 일인지 식욕이 없었다. 이모에게 그 말을 전해 들은 엄마는 '네가 외로운

거로구나. 측은하게도'라며 울며 전화를 걸었다. 그 뒤로
는 무슨 일이 있어도 밥을 남기지 않았다. 엄마에게 보내
는 문자에도 툭하면 '배불러', '맛있어', '한 그릇 더' 같
은 말을 끼워 넣었다. 먹을수록 엄마나 이모가 안심하니
이보다 보람 있는 일은 없다.

그렇지만 이상하다.

애플케이크의 여운에서 깨어나 타보는 고개를 갸웃거
렸다. 엄마에게 문자를 보낸 지 5분이 지났을 때였다.

여느 때 같으면 1분 안에 오는 답장이 없었다. 점심시
간이 끝나고 5교시 과학 시간이 시작되었는데도 휴대 전
화에는 문자가 들어오지 않았다.

엄마는 별일 없어요? 누나 일할 곳은 정해졌나요? 나
는 정말 잘 지내고 있어요. ─류

과학실에서 실험하는 도중에 몰래 다시 문자를 보냈는
데 역시 답장이 없었다.

불길한 예감이 들었다. 방과 후 타보는 걸어서 1분 거

리에 있는 아파트로 돌아갔다.

엄마에게 전화를 걸어 볼까 생각했지만 왠지 불안해 망설이다 보니 졸음이 밀려왔다. 학교에서 돌아오면 낮잠을 자는 건 이제 일과가 되었다. 등하교에 시간이 많이 들지 않고 동아리 활동도 하지 않는 타보에게 오후는 시간이 많았다.

한숨 푹 자고 눈을 뜨니 부엌에서 이모가 저녁 식사 준비를 하는 소리가 났다. 직장에서 돌아온 모양이다. 하지만 역시 뭔가 이상하다. 코를 벌름거리게 될 만큼 불길한 예감이 점점 더 심해졌다.

주방에서 풍겨 오는 냄새에는 고기 냄새가 없다. 소고기 냄새도, 돼지고기 냄새도, 닭고기 냄새도, 돼지고기와 소고기를 섞은 고기 냄새도 나지 않는다. 이런 일은 처음이다.

"오셨어요?"

머뭇머뭇 다가가 이모에게 말을 건넸다.

"뭐 만드는 거예요?"

돌아본 그 눈빛은 역시 자매지간이라 그런지 엄마를

꼭 닮았다. 정확하게 이야기하면 엄마가 타보를 측은하게 바라보는 눈이다.

"두부 햄버그스테이크 만들어."

"두부……."

"류짱, 제발 더는 묻지 마."

꾹 참는 중이라는 듯이 이모는 시선을 내리깔았다.

"엄마가 컴퓨터로 이메일을 보낼 테니 그걸 보렴."

두부 햄버그스테이크. 이제 그 정도면 충분한 충격을 받았으면서도 타보는 서둘러 컴퓨터가 있는 방으로 뛰어들어가 탁자 위에 놓인 노트북 컴퓨터를 켰다. 엄마가 보낸 이메일은 지금까지 받은 500통 넘는 메일 가운데 가장 길었다.

끝까지 다 읽은 타보는 방바닥에 벌렁 드러누웠다.

그리고 다시 몸을 뒤집어 아기 돼지 같은 모습으로 오랫동안 꼼짝도 않았다.

류짱에게

잘 지낸다니 다행이구나. 엄마하고 아빠도 잘 지내고

있단다. 누나는 직장이 아직 정해지지 않았지만 잘 지내고 있어. 건강은 걱정되지만 집에 돌아오고 싶어도 올 수 없는 식구들에 비하면 우리는 행복한 것 아니니? 늘 문자 보내 주어 고맙다. 네 건강한 모습에 힘이 나는구나.

그런데 오늘은 오히려 걱정이 들었다.

어느새 7킬로그램이나 살이 쪘다니. 네 이모에게 물어보았더니 부모와 떨어져 지내는 네가 측은해서 매일 저녁 네가 좋아하는 고기 요리를 해 주었다더구나. 급식도 매일 두 그릇 넘게 먹는다고 하고. 내친김에 오늘은 너희 담임 선생님께 전화를 드려 물어보았다.

식욕이 있다는 건 무엇보다 다행이지만 그것도 어지간해야지. 안 그래도 넌 비만 체질이었는데 반년 사이에 7킬로그램이나 쪘다니. 건강을 위해 도쿄로 갔는데 병이라도 걸리면 이게 무슨 헛수고겠니.

네 이모에게는 앞으로 고기 요리는 줄이라고 단단히 일러두었다. 밥도 한 그릇 이상은 못 먹게 해 달라고 담임 선생님께 부탁드렸더니 급식이 학교에 오는 즐거

움인 네게 그건 죽으라는 소리라고 하시더라. 너는 등교에 걸리는 시간이 너무 짧은 것도 비만의 원인 가운데 하나라고 하시고. 정말 맞는 말씀이라는 생각이 들었어.

선생님께서 말씀하시기를 점심 식사량을 줄이기보다 몸을 움직여 칼로리를 소비하는 편이 건강에 좋다고 하시더라. 특히 지방이 쌓인 너는 부력이 클 테니 수영에 어울릴 것 같다면서 수영부에 들어오면 어떻겠느냐고 하시기에 잘 부탁드린다고 말씀드렸다.

내일이라도 가입 절차를 밟아 주시겠다고 하셨어. 이제부터는 육상에서 하는 훈련이 중심이라고 하시니 다른 학생들에게 민폐를 끼치지 않도록 열심히 하기 바란다.

아빠와 함께 네가 수영부 활동을 하며 다이어트하기를 기대할게.

엄마가

옮긴이 권일영

중앙일보사에서 기자로 일했고, 1987년 아쿠타가와상 수상작인 무라타 기요코의 〈남비 속〉을 우리말로 옮기며 번역을 시작했다. 2019년 서점대상 수상작인 세오 마이코의 《그리고 바통은 넘겨졌다》를 비롯해 미야베 미유키, 기리노 나쓰오, 히가시노 게이고, 하라 료 등 주로 일본 소설을 우리말로 옮기는 번역가로 활동하고 있다. 그밖에도 에이드리언 코난 도일과 존 딕슨카가 쓴 《셜록 홈즈 미공개 사건집》 등 영미권 소설도 번역했다.

클래스메이트 —1학기

초판 1쇄 발행 | 2020년 6월 1일

지은이 | 모리 에토
옮긴이 | 권일영
발행인 | 김태진 승영란
마케팅 | 함송이
경영지원 | 이보혜
디자인 | 여상우
출력 | 블루엔
인쇄 | 다라니인쇄
제본 | 다인바인텍
펴낸 곳 | 에디터유한회사
주소 | 서울특별시 마포구 마포대로 14가길 6 정화빌딩 3층
전화 | 02-753-2700, 2778
팩스 | 02-753-2779
출판등록 | 1991년 6월 18일 제313-1991-74호

값 12,000원
ISBN 978-89-6744-217-0 04830
　　　978-89-6744-216-3 04830 (세트)